乔建堂 ◎ 编著

历代咏论
文房四宝诗选注

山西出版传媒集团
北岳文艺出版社
·太原·

图书在版编目（CIP）数据

历代咏论文房四宝诗选注 / 乔建堂编著. —太原：北岳文艺出版社，2021.1
ISBN 978-7-5378-6344-5

Ⅰ.①历… Ⅱ.①乔… Ⅲ.①古典诗歌—诗集—中国 Ⅳ.①I222

中国版本图书馆CIP数据核字（2020）第259613号

历代咏论文房四宝诗选注

乔建堂◎编著

//	出版发行：山西出版传媒集团·北岳文艺出版社
策　划	地址：山西省太原市并州南路57号　邮编：030012
续小强	电话：0351-5628696（发行部）　0351-5628688（总编室）
	传真：0351-5628680
责任编辑	经销商：新华书店
贾江涛	印刷装订：山西人民印刷有限责任公司
书籍设计	开本：890 mm×1240mm　1/16
张永文	字数：320千字
	印张：21.5
印装监制	版次：2021年1月第1版
郭　勇	印次：2021年1月山西第1次印刷
	书号：ISBN 978-7-5378-6344-5
	定价：88.00元

前　言

在翻检编辑《历代咏论书法诗选注》一书时，看到有关咏论笔、墨、纸、砚及文房器具的诗句，读到这些诗句，甚感亲切，故尔随手拈起，积成今日之规模。中国书画之所以有灿烂之篇章，中国文化、中华文明有五千年乃至更长久的时空传承光大至今，实有赖于这"四宝"不灭之功！正是这些现在看似已经落伍且过时的古董式的东西，给前人、今人及后人留下了无法用尽的宝贵精神财富，使我们每每数典以自豪，抚物以慷慨，可谓子孙永宝！

道法自然，笔、墨、纸、砚及文房器具皆如此，源于自然，兴于自然，利于自然。古人将一片石头、一块旧瓦、一撮兽毛、一根竹管、一丸石炭、一堆烂草，皆用一双智慧之手、一颗造化之心，化腐朽为神奇，点顽石成金玉。于宇宙之中，御自然之理，肇于人文，耀于历史，赖有三皇五帝，更有百姓黎民。

史传西周时邢夷制墨，秦将蒙恬造笔，东汉蔡伦造"蔡侯纸"，还有左伯纸等，近来考古新发现比前更早有新石器时期仰韶文化的姜寨调色石砚、战国时（湖南长沙左家公山墓）"长沙笔"、西汉长安"霸桥纸"……唐韩愈《毛颖传》谓笔为中书君、管城子，墨为绛人陈玄，砚为弘农陶泓，纸为会稽楮先生。宋苏易简《文房四谱》称墨为"松滋侯"，

《墨经》称为"金不焕",宋人称砚为"璧友""石友"……史载造物者有宣州陈氏、诸葛氏,湖州冯应科、李廷珪父子、方于鲁、曹素功、胡开文、顾二娘等等,可谓举不胜数,智巧双优,名垂青史。

古人云:"诗言志,歌咏言。"感物兴怀,前贤高咏"直写飞蓬牒,横承落绣篇"(南朝徐摛)"踏天磨刀割紫云""暗洒苌弘冷血痕"(唐李贺)"鸲眼青圆宛似生"(宋刘克庄)"褚生粉面肤凝脂"(宋孙觌)"麝煤添泽纹乌靴"(宋黄庭坚),直唱至"胜与朱门饱蠹鱼"(宋黄庭坚)……其中有诗仙李白、诗圣杜甫,有柳宗元、韩愈、齐己,有"苏黄米蔡"、赵孟頫、鲜缯、沈周、高凤翰等等。有文学家、书画家、高僧,更有帝王将相。韦编三绝,吴带当风,池水尽墨,梦笔生花,洛阳纸贵……不朽之支点,撑起了中国文化之精神;不朽之作为,传承了中华文明之血脉。

苏东坡云:人磨墨墨磨人。古之文人墨客骚音风语,感自然之物语,畅人文之情怀,虽管中窥豹,一见倾心,皆为高山流水,天籁之音。故也思接千载,兴达古今,情物一也。

鉴赏、玩味、品评,钩沉历史,虽物是人非,却也雪泥鸿爪,雁过留鸣。谁言"玩物丧志"或"壮夫不为"……听其古人吟声,直堪与前贤畅怀,肝胆相拥,感受遥远年代的政治、经济、科技发展的脉搏和人文精神的气息,"水之冷暖当自会"。天人一也。

世殊事异,所以兴怀。后之视今,亦犹今之视昔。(晋王羲之语)睹物文房,诚然。中华文明之精神正囿于此,也兴于此,故为之不朽,能代代相传,永久永久……

乔建堂

2002年12月23日

凡 例

一、本书检录历代诗人一百四十位，诗作一百九十五首。以诗作者出生朝代编次。每位诗人篇首综论其生平、选辑依据等。

二、诗词主要来自《先秦两汉南北朝诗》《全唐诗》《全宋诗》《全明诗》《四库全书》《清诗汇》《渊鉴类函》等。

三、释词力求准确，详实。因资料有限，以注释为主，考证为辅。不妄加揣测厘定，从其仁智之见。

奈于忽忽两载，粗成此稿，学识浅陋，谬误尚多，还望专家学者，批评指正。

目录

唐

咏笔诗 …………………………… 徐　摛 / 003

咏笔格诗 ………………………… 萧　纲 / 004

咏苔纸诗 ………………………… 薛道衡 / 005

咏砚诗 …………………………… 杨师道 / 006

笔 ………………………………… 李　峤 / 007

墨 ………………………………… 李　峤 / 009

砚 ………………………………… 李　峤 / 011

咏纸诗 …………………………… 李　峤 / 012

酬宇文少府见赠桃竹书筒 ……… 李　白 / 013

酬张司马赠墨 …………………… 李　白 / 015

酬殷十一栗冈砚 ………………… 李　白 / 016

石砚 ……………………………… 杜　甫 / 017

李员外寄纸笔 …………………… 韩　愈 / 019

唐秀才赠端州紫石砚以诗答之… 刘禹锡 / 020
酬杨尚书寄郴笔诗……………… 柳宗元 / 022
拾得古砚…………………………… 姚　合 / 024
杨生青花紫石砚歌………………… 李　贺 / 025
太湖砚……………………………… 皮日休 / 027
以紫石砚寄鲁望兼酬见赠……… 皮日休 / 028
酬见答鱼笺诗……………………… 皮日休 / 029
谢袭美赠紫石砚诗………………… 陆龟蒙 / 031
谢袭美寄鱼笺……………………… 陆龟蒙 / 032
古石砚……………………………… 李山甫 / 033
酬崔驸马惠笺百张诗……………… 杨巨源 / 034
同年前虞部李郎中自长沙赴行在余以紫石砚赠
　之赋诗代书 …………………… 韩　偓 / 035
咏笔二首…………………………… 徐　夤 / 037
尚书命题瓦砚……………………… 徐　夤 / 039
谢朱常侍寄贶蜀茶、剡纸二首(其一)
　……………………………… 崔道融 / 041
谢人墨……………………………… 齐　己 / 042
送胎发笔寄仁公…………………… 齐　己 / 043
谢人惠纸…………………………… 齐　己 / 044

宋

和复州李太保酬笔……………… 徐　铉 / 047
珊瑚笔格…………………………… 钱惟演 / 049

以蜀纸端砚寄仙芝	钱惟演	/ 051
纸	丁 谓	/ 053
笔	丁 谓	/ 055
诗 笔	林 逋	/ 056
奉和御制笔歌	夏 竦	/ 058
奉和御制砚歌	夏 竦	/ 061
奉和御制墨歌	夏 竦	/ 063
古瓦砚诗	晏 殊	/ 065
谢伯恭篆屏蟾砚	余 靖	/ 066
斑竹管笔	梅尧臣	/ 067
永叔寄澄心堂纸二幅	梅尧臣	/ 068
得李殿丞端州砚	梅尧臣	/ 070
答宋学士次道寄澄心堂纸百幅	梅尧臣	/ 071
杜挺之赠端溪圆砚	梅尧臣	/ 072
答祖择之遗新罗墨	梅尧臣	/ 073
咏欧阳永叔文石砚屏二首	梅尧臣	/ 074
广陵欧阳永叔赠寒林石砚屏	梅尧臣	/ 076
依韵和永叔澄心堂纸答刘原甫	梅尧臣	/ 077
潘歙州寄纸三百番石砚一枚	梅尧臣	/ 081
九月六日登舟再和潘歙州纸砚	梅尧臣	/ 082
汤珙秘校遗沉水管笔一枝	梅尧臣	/ 083
重赋白兔	梅尧臣	/ 085
铜雀砚	梅尧臣	/ 087
次韵永叔试诸葛高笔戏书	梅尧臣	/ 089
和刘原父澄心堂纸	欧阳修	/ 091

答谢景山遗古瓦砚歌………… 欧阳修 / 093
古瓦砚………………………… 欧阳修 / 097
圣俞惠宣州笔戏书…………… 欧阳修 / 098
答章望之秘校惠诗求古瓦砚… 韩　琦 / 099
答陈舜俞推官惠诗求全瓦古砚… 韩　琦 / 101
寄并帅庞公古瓦砚…………… 韩　琦 / 103
次韵答并帅庞公谢寄古砚…… 韩　琦 / 104
歙砚诗………………………… 赵　抃 / 105
谢人惠笔……………………… 邵　雍 / 106
王胜之谏议见惠文房四宝内有巨砚尤佳因以谢
　之 ………………………… 邵　雍 / 107
再用晴窗气暖墨花春谢王胜之谏议惠金雀砚
　…………………………… 邵　雍 / 109
端研诗赠王欲………………… 陶　弼 / 110
铜雀砚………………………… 陶　弼 / 111
奉答尧夫先生金雀石砚诗…… 王益柔 / 112
问陈彦升觅古瓦砚…………… 文　同 / 115
谢杨侍读惠端溪紫石砚……… 文　同 / 117
铜雀台瓦砚…………………… 刘　敞 / 119
次韵酬微之赠池纸并诗……… 王安石 / 120
相州古瓦砚…………………… 王安石 / 123
紫花砚………………………… 郑　獬 / 124
题蕴忠上人歙砚……………… 强　至 / 125
龙尾砚歌……………………… 苏　轼 / 127
欧李默以油烟墨二丸见饷各长寸许戏作小诗

……………………………… 苏 轼 / 129

答舒教授观余所藏墨……… 苏 轼 / 130

赠潘谷…………………………… 苏 轼 / 132

孙莘老寄墨诗………………… 苏 轼 / 133

孙莘老寄墨诗又一…………… 苏 轼 / 134

孙莘老寄墨诗又一…………… 苏 轼 / 135

次韵王炳之惠玉版纸………… 黄庭坚 / 136

长句谢陈适用惠送吴南雄所赠纸

………………………………… 黄庭坚 / 138

谢景文惠浩然所作廷珪墨……… 黄庭坚 / 140

谢送宣城笔…………………… 黄庭坚 / 142

和答钱穆父咏猩猩毛笔………… 黄庭坚 / 143

谢人惠砚………………………… 程 俱 / 144

咏退笔诗……………………… 林 逋 / 146

维心方刊正三国史某以精笔遗之蒙饷大篇为谢
气格浑然三复感叹漫依元韵奉和芜陋增愧

…………………………………… 沈与求 / 147

酬钱束之教授惠泽州吕道人砚为赋长句

…………………………………… 陈与义 / 149

谢寇十一惠端砚……………… 陈师道 / 150

古墨行………………………… 陈师道 / 152

获砚诗………………………… 刘克庄 / 154

奉和原甫赋澄心堂纸………… 韩 维 / 155

酬志新馈巴源纸……………… 孙 觌 / 156

硾越竹短截作轴,日学书作诗… 米 芾 / 157

复以承晏墨赠之……………… 晁冲之 / 158
谢钱珣仲惠高丽墨……………… 韩　驹 / 160
谢胡子远郎中惠蒲大韶墨，报以龙涎心字香
　　……………………………… 杨万里 / 162
谢王恭父赠梁杲墨……………… 杨万里 / 164

元

砚………………………………… 陈俊民 / 167
觅风字歙砚诗赠侍其府尹……… 王　恽 / 168
赋张秋泉真人所藏研山………… 赵孟頫 / 171
李惟中学士自西台侍御召入以未央宫瓦砚为贶，作此谢之 ……………… 许有壬 / 173
赠笔生王伯纯………………… 谢应芳 / 175
古砚歌………………………… 宋　无 / 177
端石砚………………………… 宋　无 / 178
赠笺纸吕生二首……………… 朱德润 / 179
赋翠涛砚……………………… 倪　瓒 / 180
赠笔工范君用………………… 郭　畀 / 182
铜雀砚歌……………………… 傅若金 / 184
次韵纳斋铜雀台砖砚歌……… 李　序 / 185
赠笔生陈仲实………………… 郑　东 / 186
咏案头四俊之一·锦花笺……… 张玉娘 / 187
赠制笔生许文瑶……………… 刘辰翁 / 188

笔生沈日新来求书,就写旧诗以寄

　　…………………………………… 柯九思 / 189

墨工林松泉来求荐,就写寄 …… 柯九思 / 190

就寄笔生温国宝 ………………… 柯九思 / 191

远山笔架诗 ……………………… 刘　因 / 192

铜雀瓦砚 ………………………… 刘　因 / 193

鼠须笔 …………………………… 谢宗可 / 194

砚山诗 …………………………… 揭傒斯 / 195

谢吴宗师惠墨 …………………… 虞　集 / 197

齐峰墨 …………………………… 廼　贤 / 198

为吴国良赋桐花烟 ……………… 泰不华 / 199

玉带生歌 ………………………… 张　宪 / 201

洮石砚 …………………………… 雷　渊 / 203

赋杨生玉泉墨 …………………… 元好问 / 204

谢安巨济赠纸百幅 ……………… 朱自牧 / 206

明

谢友惠温生笔 …………………… 王　冕 / 209

滩哥石砚歌 ……………………… 宋　濂 / 211

谢江文初惠笔 …………………… 史　谨 / 214

谢欧阳御史送笔 ………………… 史　谨 / 215

赠笔生徐原珪 …………………… 龚　敩 / 216

咏薛涛笺 ………………………… 郑　真 / 217

纸 ………………………………… 解　缙 / 218

笔	解　缙	/ 219
墨	解　缙	/ 220
砚	解　缙	/ 221
水滴	解　缙	/ 222
答马龙惠笔	陈献章	/ 223
过端溪砚坑	陈献章	/ 224
莫咋铜雀砚歌	沈　周	/ 225
文宗儒蓄匏研借观数日，宗儒以其制与拙号合遂以赠予，研额刻：元丰二年及晋斋学士四字，印文曰李泂	吴　宽	/ 227
闻启南有匏研更古次前韵	吴　宽	/ 228
鼠须笔	王　鏊	/ 229
同李进士观铜雀砚歌	何景明	/ 231
咏瑞溪砚廿韵示儿	杨　慎	/ 232
张幼于惠临洮赐砚歌	王世贞	/ 235
赠笔工陆继翁	曾　棨	/ 237
以剡笺赠陈待诏	陈　端	/ 239
方于鲁墨歌	俞　策	/ 240

清

翠云砚歌	清高宗	/ 245
铜雀瓦砚歌	永　珹	/ 247
"长生无极"汉瓦砚歌	永　瑢	/ 249
万历十年龙文九子墨	奕　譞	/ 251

喜得唐子西砚周涧东孝廉检示《贵耳集》赋谢
　　…………………………… 乌尔恭阿 / 254
黄石斋禊序砚………………… 乌尔恭阿 / 256
灌瓦研诗……………………… 李元鼎 / 257
题启南先生莫斫铜雀砚图…… 曹　寅 / 259
端州采砚行…………………… 方登峄 / 261
端　砚………………………… 黄　任 / 265
汉元砚歌……………………… 李茹旻 / 266
王文成断碑砚歌……………… 刘　纶 / 269
太初古甓凿砚歌……………… 高凤翰 / 271
邱芷房编修赠"长生无极"瓦砚… 叶观国 / 273
二砚歌………………………… 钱　载 / 276
南唐官砚歌…………………… 翁树培 / 278
二砚窝歌……………………… 叶　燕 / 281
周定王兰雪砚翁覃溪师属赋…… 吴嵩梁 / 284
晋永嘉砖砚歌………………… 金衍宗 / 286
古砚歌………………………… 张允垂 / 289
温砚炉歌……………………… 刘嗣绾 / 291
赵松雪砚……………………… 沈　涛 / 293
谢文节公卜卦砚歌…………… 吴　嵰 / 295
齐云楼砖砚…………………… 王嘉禄 / 297
晋太康九年残砖砚歌………… 朱紫贵 / 298
文信国绿端蝉腹砚歌………… 江之纪 / 300
田横岛石砚歌………………… 赵似祖 / 302
盘谷砚歌寄酬衍石兄………… 钱泰吉 / 303

造墨歌……………………………鲍瑞骏 / 305

笈甫藏有袁侯台瓦研属作长歌纪之

　　……………………………鲍瑞骏 / 307

澄心堂歌…………………………诸可宝 / 310

角花笺歌…………………………丁立诚 / 312

孙仁甫丈炳奎出观先世所藏温公澄泥砚李延平

　　有题名南宋为魏鹤山得见真西山跋明有文衡

　　山观款 ……………………丁立诚 / 314

铜雀台瓦砚歌……………………宋书升 / 316

秦沟粉黛砖砚诗…………………文静玉 / 318

汉宫瓦砚歌………………………宗　婉 / 320

题汉未央瓦砚歌…………………缪宝娟 / 322

纪晓岚紫石砚歌…………………金永爵 / 323

咏 笔 诗①

徐 摛

本自灵山出，名因瑞草传②。
纤端奉积润③，弱质散芳烟。
直写飞蓬牒④，横承落绣篇⑤。
一逢提握重，宁忆仲升捐⑥。

徐摛（472—551），字士秀，东海郯（今山东郯城）人。南朝梁诗人。自幼好学，遍览经史。官至太子左卫率。善文诗，不拘旧体，时称"宫体"。今存《坏桥诗》等诗。

【注释】

①此诗辑自《渊鉴类函·卷二百四·文学部》。
②瑞草：古代以灵芝等为吉祥之草。此谓毛笔。
③纤端：犹毫端，指笔尖。
④飞蓬：随风飞旋的蓬草。此谓行笔迅疾轻盈。飞蓬牒，犹急就章。牒，指古代书札。
⑤落绣：此谓文辞华丽。
⑥捐：放弃。仲升，东汉班超字。此句指班超投笔从戎事。班超（32—102），字仲升，扶风平陵（陕西咸阳）人。班彪子，班固弟。《后汉书·班超传》：家贫，常为官司佣书以供养。久劳苦，尝辍业投笔叹曰："大丈夫无他志略，犹当效傅介子、张骞立功异域，以取封侯，安能久事笔砚间乎？"后立功西域，封定远侯。

咏笔格诗[1]

萧 纲

英华表玉笈[2],佳丽称蛛网[3]。
无如兹制奇[4],雕饰杂众象[5]。
仰出写含花,横插学仙掌。
幸因提拾用,遂厕璇台赏[6]。

萧纲(503—551),梁简文帝。南朝梁皇帝。字世缵,梁武帝(萧衍)三子。南兰陵(今江苏常州)人。《南史》称其"性恭孝""器宇宽宏"。勤于政事,弘纳士人。为太子时与徐摛等提倡"宫体诗"。明人辑有《梁简文帝集》。

【注释】

[1]此诗辑自《渊鉴类函·卷二百四·文学部》。笔格:笔架、笔床、笔枕、笔搁。南朝梁吴筠《笔格赋》"幽山之桂树……翦其片条,为此笔格"。

[2]玉笈:玉饰的书箱。南朝梁沈约的《桐柏山金庭馆碑记》:"启玉笈之幽文,贻金坛之妙诀。"

[3]蛛网:缀珠为网状。《文选·王中〈头陀寺碑文〉》:"夕露为蛛网,朝霞为丹雘。"

[4]制奇:造作奇特。

[5]众象:犹万象。

[6]遂厕:置于旁边、侧面。厕,旁边,通"侧"。《史记·汲黯传》:"大将军(卫)青侍中,上踞厕而视之。"璇台:饰以美玉的高台。比喻此格之精美。

咏苔纸诗①

薛道衡

昔时应春色，引绿泛清流。
今来承玉管②，布字改银钩③。

薛道衡（540—609），字玄卿，河东汾阴（今山西万荣）人。历仕北齐、北周。入隋，官至秘书监、司隶大夫。诗文著名，辞藻华艳。明人辑有《薛司隶集》。

【注释】

①此诗辑自《渊鉴类函·卷二百五·文学部》。苔纸：用苔藻类制成的纸。也称"侧理纸""陟里纸"。晋王嘉《拾遗记·晋时事》："（晋武帝）即于御前赐青铁砚……侧理纸万番，此南越所献。后人言'陟里'，与'侧理'相乱，南人以海苔为纸，其理纵横邪侧，因以为名。"

②玉管：指毛笔。

③银钩：喻遒健刚劲的书法。唐杜甫《陈拾遗故宅》："到今素壁滑，丽翰银钩连。"

咏砚诗[1]

杨师道

圆池类璧水[2]，轻翰染烟华[3]。

将军欲定远，见弃不应赊[4]。

杨师道（？—647），字景猷，弘农华阴(今陕西华阴)人。官至太常卿。《旧唐书》称其"性周慎谨密"。精书法，善诗歌。擅长草隶。

【注释】

①此诗辑自《渊鉴类函·卷二百四·文学部》。

②璧水：砚名。以砚圆如璧，外环以水，故名。

③烟华：指光彩闪耀。南朝宋鲍照《舞鹤赋》："精含丹而星耀，顶凝紫而烟华。"

④赊：消失。唐戎昱《送严十五郎之长安》："长安君到日，春色未应赊。"

笔①

李　峤

握管门庭侧，含毫山水隈②。

霜辉简上发③，锦字梦中开④。

鹦鹉摘文至⑤，麒麟绝句来⑥。

何当遇良史⑦，左右振奇才。

李峤（644—713），字巨山，赵州赞皇（今河北赞皇）人。少有文辞，通五经，弱冠擢进士。官至中书门下三品，封赵国公。后贬庐州别驾。为武后及中宗朝四位大学士之一。与王勃、杨炯齐名。明人辑有《李峤集》。

【注释】

①笔：此谓毛笔，书画用。

②隈：指山水弯曲处。

③霜辉：指毛笔。亦称"霜毫"。简：古代用以写字的竹片。此泛指书写用纸或用品。

④锦字：指华美的文辞。明何景明《怀高铁溪先生》诗二："新诗裁锦字，丽赋掷金声。"此句通"梦笔生花"之意。相传李白年轻时梦见笔头上长出花来，后成了有名的大诗人。唐五代王仁裕《开元天宝遗事·梦笔头生花》载录。

⑤鹦鹉摘文至：指东汉祢衡《鹦鹉赋》。《后汉书·文苑传下·祢衡》载曰："射时大会宾客，人有献鹦鹉者，射举卮于衡曰：'愿先生赋之，以娱嘉宾。'衡揽笔而作，文无加点，辞采甚丽。"后喻高超文笔。明徐谓

《渔阳三弄》："汉阳江草摇春日，天帝亲闻鹦鹉笔。"摛文：指铺陈文采。南朝梁刘勰《文心雕龙·乐府》："八音摛文，树辞为体。"

⑥麒麟绝句来：麒麟，古代传说中的一种瑞兽。（古有用麟角做的毛笔，称"麟角笔"。晋王嘉《拾遗记·晋时事》："赐麟角笔，以麟角为笔管，此辽西国所献"。）此句谓孔子作《春秋》绝笔于获麟。唐韦续《墨薮·五十六种书》："麒麟书者，鲁西狩获麟，仲尼反袂拭面，称'吾道穷'，弟子申为素王纪瑞所制书。"唐卢照邻《释疾文·粤若》："东郊绝此麒麟笔，西山秘此凤凰柯。"

⑦良史：指优秀的史官，记事信而有征者。孔子："董狐，古之良史也，书法不隐。"

墨①

李 峤

长安分石炭②,上党结松心③。
绕画蝇初落④,含滋绶更深⑤。
悲丝光易染⑥,叠素彩还沉⑦。
别有张芝学,书池幸见临⑧。

【注释】

①墨:指书画用墨块(丸)。

②长安分石炭:石炭,制墨用料,石墨也。此指长安隃糜(今陕西千阳一带)制墨业。宋晁季一《墨经》云:"松烟之制尚矣,汉贵扶风、隃糜、终南山之松。"述其选材考究。唐五代时益盛,太行山脉以东称"东山炭",以西称"西山炭"。

③上党结松心:指用山西上党(今属长治地区)所产之松心制墨。《渊鉴类函·文学部·墨三》:"出三辅,作上党。范子计然曰:墨出三辅,上党郡松心作墨。"

④绕画蝇初落:《渊鉴类函》载:"吴录曹不兴善作画,孙权命画屏风,误笔落墨污屏,因就以作蝇,权以为蝇,举手弹之。"

⑤含滋绶更深:绶,古代区别官员身份、等级的不同颜色的绶带。此指墨绶。含滋:含水。滋,水、汁液。宋林逋《园池》诗:"一径衡门数亩池,平湖分涨草含滋。"

⑥悲丝光易染:《淮南子·说林训》:"墨子见练丝而泣之,为其可以黄,可以黑。"言素丝易受色彩所染。此谓墨性。

⑦叠素彩还沉:此谓墨的质量。叠素:重叠的素帛。

⑧别有张芝学,书池幸见临:此谓汉张芝学书,池水尽墨事。唐孙过庭《书谱》:"然张(芝)精熟,池水尽墨……"

砚①

李 峤

左思裁赋日②，王充作论年③。

光随锦文发，形带石岩圆。

积润循毫里，开池小学前④。

君苗徒见爇，谁咏士衡篇⑤。

【注释】

①砚：古代磨墨之用，通称"砚台"。亦称"研"。汉代刘熙《释名》："砚，研也。研墨使和濡也。"

②左思（约250—约305）：西晋文学家，字太冲，齐国临淄（山东临淄）人。出身寒微，《晋书》称其："勤学，兼善阴阳之术。"官至秘书郎。怀才不遇，所作诗文借古抒情，有愤世不平之意。曾经十年心血写就《三都赋》，世人竞传，时致"洛阳纸贵"，原辑已散失。后人辑有《左太冲集》。

③王充（27—约97）：东汉思想家、文艺理论家。字仲任，会稽上虞（浙江上虞）人。少孤，受业于太学，师班彪。博通百家，官任郡功曹等职。著有《论衡》八十五篇。

④小学：主要指训诂学、文字学、音韵学。此泛指学习。

⑤君苗徒见爇，谁咏士衡篇：宋王应麟《困学纪闻》载：《陆机传》云：弟云尝与书曰：君苗见兄文，辄欲焚其笔砚。君苗未知氏姓，考之云集有'与平原书'云：前作登台赋未能成，而崔君苗作之。始知其为崔君苗也。爇，烧。士衡篇，指陆机《文赋》。陆机（261—303），字士衡，西晋文学家。吴郡吴县华亭（上海松江）人。官至郎中令等。著有《文赋》，为文学批评史的重要著作。后人辑有《陆士衡集》，与其弟合称"二陆"，又与顾荣并称"洛阳三俊"。

咏纸诗①

李　峤

妙迹蔡侯施②，芳名左伯驰③。
云飞锦绮落，花发缥红披。
舒卷随幽显④，廉方合轨仪⑤。
莫惊反掌字⑥，当取葛洪规⑦。

【注释】

①此诗辑自《渊鉴类函·卷二百五·文学部》。

②蔡侯：指东汉蔡伦，曾以树皮、敝布、破网等为原料造纸。死后封"龙亭侯"，后世遂称"蔡侯纸"。《后汉书·宦者传·蔡伦》："自古书契多编以竹简，其用缣帛者谓之为纸……伦乃造意，用树肤、麻头及敝布、渔网以为纸。元兴元年奏上文，帝善其能，自是莫不从用焉，故天下咸称'蔡侯纸'。"

③左伯（生卒年不详）：字子邑，东莱（今山东掖县）人。善写八分书，东汉书法家。曾改进造纸法，纸质精美，称"左伯纸"。宋苏易简《文房四谱·卷四·纸》："左伯，字子邑。汉末。益能为之。故萧子良答王僧虔书云：子邑之纸，妍妙辉光；仲将之墨，一点如漆。"

④幽显：犹阴阳。此谓书法的收放、虚实。

⑤廉方：洁白方正。宋苏易简《文房四谱·卷四·纸》录西晋傅咸《纸赋》："夫其为物厥美可珍、廉方有则体洁性真。"轨仪：法则。

⑥反掌：喻极容易。《文选·枚乘〈上书谏吴王〉》："易于反掌，安于泰山。"

⑦葛洪（284—364）：字稚川，号抱朴子。丹阳句容（今江苏句容）人。东晋道士，医学家。著有《抱朴子》《金匮药方》等。《晋书》："以儒学知名……尤好神仙导养之法。"

酬宇文少府见赠桃竹书筒①

李 白

桃竹书筒绮绣文②,良工巧妙称绝群③。
灵心圆映三江月,彩质叠成五色云④。
中藏宝诀峨眉去⑤,千里提携长忆君。

李白(701—762),唐代诗人。字太白,号青莲居士。祖籍陇西成纪(今甘肃秦安)。《新唐书》称其"喜纵横术,击剑为任侠,轻财重施……授笔成文,婉丽精切"。中年时,入长安官翰林侍奉,因权贵构陷弃官离京。安史之乱时,为永王璘幕僚,败被流放夜郎,途中遇赦。后病卒于当涂。诗风豪迈奔放、意境非凡,富有浪漫主义色彩。后人尊其为"诗仙"。是继屈原之后我国最伟大的浪漫主义诗人。著有《李太白集》等。

【注释】

①桃竹书筒:指用桃竹制成的古代盛书信的竹筒。《李太白全集》:"《苕溪渔隐丛话》:桃竹,叶如梭,身如竹,密节而实中,犀理瘦骨,天成拄杖也。岭外人多种此。胡三省《通鉴注》:桃竹,桃枝竹也,今江南有之。"

②绮绣:彩色的丝织品。此指精美辞章的书信。

③绝群:超出同辈。南朝梁江淹《莲花赋》:"冠百草而绝群,出异类之众多。"

④五色云:五种颜色的云彩,古人以此为祥瑞。此谓文才。

⑤宝诀:《李太白全集》:"宝诀,仙书也。"《唐书·地理志》:剑南

道嘉州罗目县有峨眉山。"峨眉山：在四川省峨眉县西南。有山峰相对若峨眉。佛教称为光明山，道教称为"虚灵洞天""灵陵太妙天。"，为我国佛教四大名山之一。

酬张司马赠墨

李 白

上党碧松烟，夷陵丹砂末①。

兰麝凝珍墨②，精光乃堪掇③。

黄头奴子双鸦鬟④，锦囊养之怀袖间。

今日赠余兰亭去，兴来洒笔会稽山。⑤

【注释】

①上党碧松烟，夷陵丹砂末：上党，唐时设郡，即潞州，属河东道，今属山西长治地区。夷陵，即峡州，属山南东道，今属湖北宜昌一带。李峤《墨》："长安分石炭，上党结松心。"《晁氏墨经》："古用松烟石墨二种，石墨自晋、魏以后无闻、松烟之制尚矣。汉贵扶风隃糜，终南山之松。唐则易州，潞州之松。上党松心尤先见贵。"北魏贾思勰《齐民要术》："合墨法：墨一斤，好胶五两、鸡子白去黄五颗，朱砂一两、麝香一两、都合调下铁臼中。宜刚不宜泽，捣三万杵，杵多益善。"

②兰麝：兰和麝香。此谓墨的香气。

③精光：指墨的色泽。

④双鸦鬟：此谓女子头上的双髻，色黑如鸦色，喻墨色。

⑤今日赠余兰亭去，兴来洒笔会稽山：《舆地志》："山阴郭西有兰渚，渚有兰亭，王羲之所谓曲水之胜境，制序于此。"《元和郡县图志》："会稽山，在越州会稽县东南二十里。"东晋永和九年（353）三月三日，王羲之与谢安、孙绰等四十余人，聚会于山阴（今浙江绍兴）兰亭，修祓禊之礼，作诗兴乐，王羲之为诗集作序，后人称之为《兰亭序》，或为《兰亭集序》。唐太宗推崇备至，颂为"尽善尽美"，并将临摹本分赐贵戚近臣。并死后将真迹随葬入陵。后人尊为"天下第一行书"。

酬殷十一栗冈砚①

李 白

殷侯三玄士,赠我栗冈砚。

洒染中山毫②,光辉吴门练③。

天寒水不冻,日用心不倦。

携此临墨池,还如对君面。

【注释】

①栗冈砚:砚的一种。

②中山毫:指毛笔。东晋王羲之《笔经》:"中山兔肥毫长,可用也。"《方舆胜览》:"宣城县中山,一名独山,有白兔。世传为笔精妙。"

③吴门练:吴门,今江苏苏州。练,指白色的绢。此指吴门产的白绢。

石 砚

杜 甫

平公今诗伯，秀发吾所羡①。

奉使三峡中，长啸得石砚②。

巨璞禹凿余③，异状君独见。

其滑乃波涛，其光或雷电。

联坳各尽墨④，多水递隐见⑤。

挥洒容数人，十手可对面⑥。

比公头上冠，贞质未为贱。

当公赋佳句，况得终清宴⑦。

公含起草姿⑧，不远明光殿⑨。

致于丹青地⑩，知汝随顾眄⑪。

杜甫（712—770），唐代诗人。字子美，祖籍襄阳（今属湖北）。生于巩县（今属河南）。自幼好学，知识渊博。开元后期举进士不第，漫游各地。天宝三年（744）在洛阳与李白相识。乾元二年（759）入蜀，筑草堂于成都，安家定居。两年后，入幕节度使严武，得荐检校工部员外郎，故后人亦称"杜工部"。晚年贫困，卒于湖南湘江舟中。杜诗反映社会黑暗，同情民众疾苦，反映了唐由盛到衰的历史，富于现实主义风采，被誉为"诗史"。诗风沉着雄浑，韵律严谨，有"诗圣"之谓。与李白齐名，并称"李杜"。著有《杜少陵集》。

【注释】

①秀发：形容诗文书法俊逸不群。清钱泳《履园丛话·耆旧·梦楼太守》："其书亦天然秀发，得松雪，华亭用笔。"

②长啸：大声呼叫。汉司马相如《上林赋》："长啸哀鸣，翩幡互经。"

③璞：未经雕琢加工的玉。《孟子·梁惠王下》："今有璞玉于此，虽万镒，必使人雕琢之。"禹凿：指大禹治水事。《说苑》："禹凿龙门，辟伊阙，平治水土。"

④坳：低凹之地。联坳：砚穴相连。

⑤见："现"的本字。显露。《论语·泰伯》："天下有道则见，无道则隐。"

⑥挥洒容数人，十手可对面：此谓石砚之大。

⑦清宴：清雅的宴集。

⑧起草：指书写公文草稿。《汉官仪》："尚书郎，主作文章起草。"

⑨明光殿：汉宫殿。《三辅黄图·汉宫》："未央宫渐台西有桂宫，中有明光殿，皆金玉珠玑为帘箔，处处明月珠，金陛玉阶，昼夜光明。"此谓近侍天子。唐岑参《河西太守杜公挽歌》之三："忆昨明光殿，新承天子恩。"

⑩丹青地：古代丹册纪勋，青史纪事。此谓编撰史籍之所。宋文天祥《正气歌》："时穷节乃见，一一垂丹青。"

⑪顾眄：左顾右眄，指洋洋自得。《后汉书·马援传》："援据鞍顾眄，以示可用。帝笑曰：矍铄哉是翁也！"

李员外寄纸笔 _{李伯康也，郴州刺史。}

韩　愈

题是临池后，分从起草余①。

兔尖针莫并②，茧净雪难如③。

莫怪殷勤谢，虞柳正著书④。

韩愈（768—824），字退之。邓州南阳（今属河南）人。官至吏部侍郎。尚儒抑道，是唐代古文运动的倡行者。诗文"奇崛险怪"，自成一体，一洗六朝以来铅黛。为唐宋"散文八大家"之首。著有《昌黎先生集》。

【注释】

①分：才分，天分。北齐颜之推《颜氏家训·杂艺》："吾幼承门业，加性厚重。所见法书亦多，而玩习功夫颇至，遂不能佳者，良由无分故也。"

②兔尖：指兔毫笔。

③茧净：指宣纸。

④虞柳：指唐代书法家虞世南、柳公权。

唐秀才赠端州紫石砚以诗答之①

刘禹锡

端州石砚人间重,赠我因知正草玄②。
阙里庙堂空旧物③,开方灶下岂天然④。
玉蟾吐水霞光静⑤,彩翰摇风绛锦鲜⑥。
此日佣工记名姓⑦,因君数到墨池前。

刘禹锡(772—842),字梦得。彭城(今江苏徐州)人。贞元进士。授监察御史,官至检校礼部尚书。诗歌吸收民歌优点,通俗清新。《书论》一篇为后世学书者所重。著有《刘梦得文集》。

【注释】

①端州紫石砚。即端砚、紫石砚,为端砚一品种。端砚,产于广东肇庆(古端州)东郊高要县东南烂柯山(亦称斧柯山)西麓端溪,亦称"端溪砚""端州砚"。著品种有蕉叶白、独肝冻、鱼脑冻、玫瑰紫、天青、火捺、金线、银线、翡翠、冰纹、金星、鹧鸪斑等。始于初唐,以水坑岩为最佳。唐柳公权《论砚》云:"蓄砚以青州为第一,绛州次之,后始重端、歙、临洮。"北宋苏易简《砚谱》云:"端砚有斧柯、茶园、将军池,同在一溪。惟斧柯出者,大不过三四指,最津润难得,茶园次之,将军又次之。"又宋《端溪砚谱》:"肇庆府东有斧柯山,峻峙壁立,下际潮水,自江湄登山,行三四里,即为砚岩。"清吴兰修《端溪砚史》品其:"体重而轻,质刚而柔,摩之寂寂无纤音,按之如小儿肌肤,温软嫩而不滑。"且宜发墨,不损毫,自中唐、宋至明清,乃至今日,深受文人墨客的钟爱。同歙砚、鲁砚、洮砚并称"中国四大名砚"。

②草玄：此谓淡于名利，潜心著述。《汉书·扬雄传下》："哀帝时，丁，傅，董贤用事，诸附离之者或起家至二千石。时雄方草《太玄》，有以自守，泊如也。"

③阙里庙堂：指山东曲阜的孔庙。阙里，即孔子故里，山东曲阜有阙里街，街头有两石阙，为孔子讲学处。三国魏应璩《与广川长岑文瑜书》："土龙矫首于玄寺，泥人鹤立于阙里。"

④开方灶下：此指术士匠人，庖人厨工。开方，指数学中对方根连运算。灶下，指在厨房做饭和干活的人。

⑤玉蜍：即玉制的蟾蜍，一种文房磨墨用水滴。汉刘歆《西京杂记》："晋灵公冢甚瑰壮，……其余器物皆朽烂不可别，唯玉蟾蜍一枚，大如拳，腹空容五合水，光润如新，玉取以为书滴。"

⑥彩翰：此谓毛笔。诗人《和浙西李大夫晚下北固山依本韵》："叶动惊采翰，波澄见赪首。"绛锦：红锦。绛：深红色。

⑦佣工：受雇为人工作。此谓受之于砚而为之诗。

酬杨尚书寄郴笔诗①

柳宗元

截玉铦锥作妙形②,贮云含雾到南溟③。
尚书旧用裁天诏④,内史新将写道经⑤。
曲艺岂能裨损益,微辞只欲播芳馨。
桂阳卿月光辉遍⑥,毫末应传顾兔灵⑦。

柳宗元(773—819),字子厚,河东解县(今山西运城)人。世称"柳河东"。贞元进士。历官校书郎、礼部员外郎,柳州刺史。文学上与韩愈齐名,并称"韩柳",倡导古文运动,为"唐宋八大家"之一。文章峭拔矫健,诗歌清峭凌竣。著作有《天说》《天对》等。有《河东先生集》。

【注释】

①此诗辑自《渊鉴类函·卷二百四·文学部》。郴笔:指唐时湖南郴州(今郴州)所制毛笔。

②铦锥:锋利的锥子。此谓毛笔笔尖。

③南溟:《庄子·内篇·逍遥游》:"南溟者,天池也。"指南边的大海。

④裁天诏:为天子起草诏书。尚书,指杨尚书。

⑤内史新将写道经:此谓东晋王羲之以《道德经》换白鹅事。王羲之(303—361),字逸少,原籍琅琊临沂(今属山东),居会稽山阴(今浙江绍兴)。官至右军将军,会稽内史,人称"王右军"。《宣和书谱·草书三》:"羲之性爱鹅,山阴有道士养鹅,于是往观之,甚悦,想求之。道士云:为写《道德经》,当举鹅群相赠耳。羲之欣然书笔,笼鹅而归,甚以为

乐。"

⑥桂阳：古郡名。汉时置，隋、唐改置郴州。指今湖南郴州一带。

⑦顾兔：古代神话传说月中阴精积成兔形，后因以为月的别名。唐李白《上云东》诗："阳乌未出谷，顾兔半藏身。"王琦注："顾兔，月中兔也。"此喻彬笔的珍贵，可见交谊之深厚。

拾得古砚

姚 合

僻性爱古物①,终岁求不获。

昨朝得古砚,黄河滩之侧。

念此黄河中,应有昔人宅。

宅亦作流水,斯砚未变易。

波澜所激触,背面生罅隙②。

质状朴且丑,今人作不得。

捧持且惊叹,不敢施笔墨。

或恐先圣人,尝用修六籍③。

置之洁净室,一日三磨拭。

大喜豪贵嫌,久长得保惜。

姚合(约779—约855),陕州峡石(今河南三门峡)人。元和进士。历官荆州刺史、杭州刺史、给事中等职。诗风直朴中求工巧,颇似贾岛,故以"姚贾"并称。著有《姚少监诗集》《极玄集》。

【注释】

①僻性:特别的爱好。

②罅隙:缝隙、裂缝。

③六籍:即六经。《文选·班固〈东都赋〉》:"盖六籍所不能谈,前圣靡得言焉。"李善注:"六籍,六经也。"指《诗》《书》《礼》《易》《乐》《春秋》。也称"六艺"。

杨生青花紫石砚歌①

李 贺

端州石匠巧如神,踏天磨刀割紫云。
佣刓抱水含满唇②,暗洒苌弘冷血痕③。
纱帷昼暖墨花春④,轻沤漂沫松麝薰⑤。
干腻薄重立脚匀⑥,数寸光秋无日昏⑦。
圆毫促点声静新,孔砚宽顽何足云。

李贺(约791—约817),字长吉,福昌(今河南宜阳)人。为避讳父名不肯举进士。曾官奉礼郎。诗风奇诡惊迈。《新唐书》:"每日旦出、骑弱马,从小奚奴,背古锦囊,遇所得,书投囊中。"及暮,诗成。有《三家评注李长吉歌诗》。

【注释】

①青花紫石砚:端砚的一种。参阅前刘禹锡《唐秀才赠端州紫石砚以诗答之》注。

②佣刓:雇工雕刻。

③苌弘(前575—前492):春秋周大夫。《左传·哀公三年》:"刘氏范氏,世为婚姻。苌弘事刘文公。故周与范氏。赵鞅以为讨。六月癸卯。周人杀苌弘。"传说死后三年,其血化为碧玉。晋左思《蜀都赋》:"碧出苌弘之血,鸟生杜宇之魄。"宋《端溪砚谱》:"李贺有端州石砚诗云:'暗洒苌弘冷血痕'则谓鸲鹆眼。"

④墨花:指砚上的花痕。参阅前注。

⑤轻沤:指磨墨时轻磨墨块。漂沫:磨墨时的浮沫。

⑥干腻薄重：指砚的材质。宋《端溪砚谱》："大抵石性贵润，贵青紫。干者灰苍色，润则青紫色。眼青、翠绿下有瞳子。"

⑦光秋：指墨。

太湖砚①

皮日休

求于花石间，怪状乃天然。
中莹五寸剑，外苤千叠莲②。
月融还似洗，云湿便堪研。
寄与先生后，应添内外篇③。

皮日休（约833—约883年），字袭美，一字逸少，襄阳（湖北襄阳）人。出身贫寒，咸通进士。累官著作郎太常博士等。诗承白居易，针砭时政。其散文、辞赋也借古讽今，笔锋犀利。著有《皮子文薮》等。

【注释】

①太湖砚：此诗选自《全唐诗·五觊诗》之一。《全唐诗·五觊诗·并序》："……有龟头山叠石砚，一高不二寸，其仞数百。谓之太湖砚。"

②苤：一种爬墙蔓生的植物，叶大如掌。

③内外篇：古代史籍中如《庄子》《晏子春秋》《淮南子》等都分内外篇，以表达宗旨的为内篇，有所发挥的为外篇。《晋书·葛洪传》："故子所著子言黄白之事，名曰内篇。其余参驳难通释，名曰外篇。"

以紫石砚寄鲁望兼酬见赠

皮日休

样如金蹙小能轻①,微润将融紫玉英。

石墨一研为凤尾②, 寒泉半勺是龙睛③。

骚人白芷伤心暗④,狎客红筵夺眼明⑤。

两地有期皆好用,不须空把洗溪声。

【注释】

①金蹙:蹙金,形容砚式精美,结构紧密。

②凤尾:凤凰的尾羽。此谓砚石上秀美的细纹。

③龙睛:此谓水珠滴于砚面,砚色紫,水滴晶莹,故称。

④骚人:指诗人、文人墨客。南朝梁萧统《文选》序:"骚人之文,自兹而作。"白芷:香草名,可入药。《楚辞·招魂》:"菉蘋齐叶兮,白芷生。"唐陆龟蒙《采药赋》序:"药,白芷也。香草美人得此比之。"骚人白芷,犹文人墨客、正人君子也。

⑤狎客红筵:指嫖客、娼妓。

酬见答鱼笺诗①

皮日休

轻如隐起腻如饴②,除却鲛工解制稀③。

欲写恐成河伯诏④,试裁疑是水仙衣⑤。

毫端白獭脂犹湿⑥,指下冰蚕子欲飞⑦。

若用莫将闲处去,好题春思赠江妃⑧。

【注释】

①此诗辑自《渊鉴类函·卷二百五·文学部》。鱼笺:鱼子笺的简称。古代一种布目纸,产于蜀地。唐刘恂《岭表录异》卷中:"广管罗州,多栈香树……皮堪作纸,名为香皮。纸灰白色,有纹如鱼子笺。"唐王勃《七夕赋》:"握犀管,展鱼笺。"

②饴:糖膏。《说文解字》:"饴,米药煎也。"《诗·大雅·绵》"周原朊朊,堇荼如饴"形容笺纸质地细滑。

③鲛工:指传说中织制鲛绡的鲛人。晋张华《博物志》:"南海外有鲛人,水居如鱼,不废织绩……从水出,寓人家,积日卖绢。"

④河伯:传说中的河神。《庄子·秋水》:"于是焉,河伯欣然自喜,以天下之美为尽在己。"陆德明释:"河伯姓冯,名夷。一名冰夷,一名冯迟。已见太宗师篇。一云姓吕,名公子;冯夷是公子之妻。"诏,诏符。

⑤水仙:传说中水中神仙。唐司马承顺《天隐子·神解八》:"在人谓之人仙,在天曰天仙,在地曰地仙,在水曰水仙,能变通之曰神仙。"宋赵令畤《侯鲭录》卷八:"冯夷,华阴,潼乡隄伯人也。服八石,得水仙,是为河伯。"

⑥白獭:白色之獭。哺乳动物。有水、旱、海三种。此谓鱼笺纸性。

⑦冰蚕:古代传说中的一种蚕。东晋王嘉《拾遗记》:"有冰蚕长七

寸，黑色，有角有鳞，以霜雪覆之，然后作茧，长一尺，其色五彩，织为文锦，入水不濡，以之投火，经宿不燎。"形容鱼笺纸薄贵重。

⑧江妃：亦作"江斐"，传说中的神女。汉刘向《列仙传·江妃二女》："江妃二女者，不知何所人也，出游于江汉之湄，逢郑交甫，见而悦之，不知其神人也。"

谢袭美赠紫石砚诗①

陆龟蒙

霞骨坚来玉自愁②,琢成飞燕古钗头。
澄沙脆弱闻应伏,青铁沈埋见亦羞。
最称风亭批碧简③,好将云窦渍寒流④。
君能把赠闲吟客,遍写江南物象酬⑤。

陆龟蒙(?—约881),字鲁望,吴郡长洲(江苏苏州)人。举进士不第。历湖、苏二州,为僚佐。后隐居松江甫里,时谓"江湖散人""甫里先生"。与皮日休为好友,相唱和,时称"皮陆"。著有《耒耜经》,为研究农业生产工具的重要文献。有《甫里先生集》。

【注释】

①此诗辑自《渊鉴类函·卷二百五·文学部》。袭美:即皮日休。
②霞骨:指紫石砚。
③风亭:亭子。宋王安石《与微之同赋梅花得香字》:"风亭把盏酬孤艳,雪径回舆认暗香。"碧简:玉简或竹简,泛指珍贵的图书。唐顾云《谢徐学士启》:"束皙台前,间披碧简;秦王府里,时阅瑶签。"
④云窦:指云气出没的山洞。南朝宋鲍照《登庐山》诗:"松磴上迷密,云窦下纵横。"
⑤物象:指世间的景物、风景。

谢袭美寄鱼笺①

陆龟蒙

捣成霜粒细鳞鳞②,知作愁吟喜见分。

向日乍惊新茧色③,临风时辨白萍文④。

好将花下承金粉⑤,堪送天边咏碧云。

见倚小窗亲襞染⑥,尽图春色寄夫君。

【注释】

①此诗辑自《渊鉴类函·卷二百五·文学部》。

②鳞鳞:形容纸纹。

③向日:犹向阳。唐李世民《咏桃诗》:"向日分千笑,迎风共一香。"

④白萍:水中浮草。此谓纸性。

⑤金粉:黄金的粉末或金色的粉末。此指蝴蝶的翅膀。唐李煜《临江仙》词:"樱桃落尽春归去,蝶翻金粉双飞。"

⑥襞染:操纸染翰,犹挥毫书画。

古石砚

李山甫

追琢他山石,方圆一勺深。

抱真唯守墨,求用每虚心①。

波浪因文起,尘埃为废侵。

凭君更研究,何啻直千金②。

李山甫(生卒年不详),约唐僖宗乾符初前后在世。咸通中,累举不第。郁郁不得志,每狂歌痛饮,少舒其气。著诗一卷,《全唐诗(下)》收录。

【注释】

①抱真唯守墨,求用每虚心:以古石砚之品性以喻自己。

②何啻:如何只是。唐杜荀鹤《唐风集》诗云:"故人何啻三千里,新雁才闻一两声。"

酬崔驸马惠笺百张诗①

杨巨源

百张云样乱花开②,七字文头艳锦回。
浮碧空从天上得,殷红应自日边来。
捧持价重凌云叶,封裹香深笑海苔③。
满箧清光应照眼,欲题凡韵辄斐回。

杨巨源(生卒年不详),字景山,河中(今山西永济)人。贞元五年(789)举进士。官国子司业、河中少尹等。工诗。著有诗集一卷。

【注释】

①此诗辑自《渊鉴类函·卷二百五·文学部》。
②云样:笺上的云纹。古代有云状花纹的纸。宋欧阳修《答李秀才启》:"溢云纸以摛思,挼春华而发藻。"
③海苔:苔纸。见前薛道衡《咏苔纸》注。

同年前虞部李郎中自长沙赴行在余以紫石砚赠之赋诗代书①

韩　偓

斧柯新样胜珠玑②，堪赞星郎染翰时③。
不向东垣修直疏④，即须西掖草妍词⑤。
紫光称近丹青笔⑥，声韵宜裁锦绣诗⑦。
蓬岛侍臣今放逐⑧，羡君回去逼龙墀⑨。

韩偓（842—923），字致光，自号玉山樵人。京兆万年（陕西西安）人。龙纪进士，官至翰林学士、兵部侍郎。其诗多描写宫廷生活，述闺中艳情及妇人服饰体态，集为《香奁集》，称《香奁体》。有《韩内翰别集》。

【注释】

①行在：行在所。封建帝王所在之地。《史民·卫将军骠骑列传》："蔡邕曰：'天子自谓所居曰行在所，言今虽在京师，行所至耳。'"唐杜甫诗有《喜达行在所》三首。

②斧柯：即斧柯山，在广东省高要县，以产端砚著名，此谓指砚。珠玑：喻以珠宝之物，宋刘克庄《朝天子》："宿雨频飘洒，……终朝连夜，有珠玑鸣瓦。"

③星郎：郎官。《后汉书·明帝纪》："馆陶公主为子求郎，不许，而赐钱千万。谓群臣曰：'郎官上应列宿，出宰百里，苟非甚人，则民受殃，是以难之'"。唐张籍《早朝寄白舍人严郎中》诗云："凤阙星郎离去远，合门开日入还齐。"

④东垣：唐代门下省。唐白居易《代书诗一百韵寄微之》："东垣君谏诤，西邑我驱驰。"直疏：当直向皇帝书写奏章。直，值班。疏，书面向皇帝陈述政见。

⑤西掖：中书省的别称。《汉官仪》："左右曹受尚书事，前世文士以中书左右，因谓中书为右曹，亦称西掖。"唐张九龄《酬周判官兼呈耿广州》诗："既起南宫草，复掌西掖制。"

⑥丹青笔：书画笔。丹青，丹砂和青䥫，两种可作颜料的矿石，泛指书画。

⑦声韵：诗文的韵律。明李东阳《孔氏四子字说》："陈白沙诗极有声韵。"

⑧蓬岛：蓬莱山。泛指仙人所在之所，仙境。

⑨龙墀：指皇帝、皇宫。《敦煌曲子词·望江南》："数年路隔失朝仪，目断望龙墀。"

咏笔二首

徐夤

一

秦代将军欲建功，截龙搜兔助英雄①。

用多谁念毛皆拔，抛却更嫌心不中。

史氏只应归道直②，江淹何独偶灵通③。

班超握管不成事④，投掷翻从万里戎。

二

君子三归擅一名⑤，秋毫虽细握非轻。

军书羽檄教谁录，帝命王言待我成。

势健岂饶淝水阵⑥，锋铦还学历山耕⑦。

毛干时有何人润，尽把烧焚恨始平⑧。

徐夤（生卒年不详），字昭梦，泉州莆田（今福建莆田）人。乾宁进士。《全唐诗》："授秘书省正字，依王审知礼待简略，遂拂衣去。归隐延寿溪。著有《探龙》《钓矶》二集，编诗四卷。"

【注释】

①秦代将军欲建功，截龙搜兔助英雄：此句指秦将蒙恬造笔事。蒙恬（约前259—前210），秦始皇二十六年（前221），因家世得为秦将。秦统一后，率军三十万北击匈奴，收复河南，并修筑长城。守御数年，威震匈奴，深受始皇信任和宠爱。秦始皇死，被赵高谗杀。《史记》称其"谋远

不失，无怨于天下"。相传，毛笔为其造制。《古今注》："恬始作秦笔，以枯木为管，以鹿毛为柱，羊毛为被。"《博物志》："秦蒙恬始作笔""秦以前已有笔，恬损益之"。蒙恬所造之笔，称为"秦笔"，与今天之笔相类。蒙恬"损益"之，只是改良而已。《尚书》曰："玄龟负图出，周公援笔以写之。"可见周时已有笔。今存商代甲骨文的骨片上，已见笔书痕迹。故今多以为笔始于殷商。

②史氏：指司马迁著《史记》事。

③江淹（444—505）：字文通，济阳考城（河南兰考）人。南朝梁臣。孤贫好学，有才思，举秀才。萧道成齐时，官至卫尉卿，萧衍梁时，官至金紫光禄大夫。《南史》载：江淹少时，梦人授五色笔，由是文藻日新。晚年又梦一自称郭璞的人索其笔，自后作诗，再无佳句，故有"江郎才尽"之谓。

④班超（32—102）：字仲升，扶风平陵（陕西咸阳）人。班彪子，班固弟。勇猛善战，威震西域，官西域都，驻龟兹，封定远侯。此句班超投笔从戎事。参见前徐摛《咏笔诗》条。

⑤三归：语出《论语·八佾》："管氏有三归。"指管仲之采邑。齐桓公馈赠其三处家业田产。

⑥淝水阵：指淝水之战。东晋谢石、谢玄率兵击败前秦苻坚的以少胜多的著名战役。晋太元八年（383）八月，东晋列国前秦苻坚率兵九十万南下，晋相谢安命谢石、谢玄前迎战。晋军追至淝水时，要求秦兵略向后移，渡河决战。苻坚欲晋军半渡时歼之，便挥军稍退，但一退不可止，晋军渡河直前，秦军溃败。苻坚逃返长安，后为姚苌所杀。

⑦历山耕：相传舜耕于历山。《史记·五帝纪》："舜耕历山，渔雷泽，陶河滨。"此犹笔耕，以笔代耕。

⑧尽把烧焚恨始平：此谓秦始皇焚烧典籍、坑杀儒生事。史称为"焚书坑儒"。

尚书命题瓦砚①

徐 夤

远向端溪得，皆因郢匠成②。
凿山青霭断，琢石紫花轻。
散墨松香起，濡毫藻句清。
入台知价重③，著匣恐尘生。
守黑还全器，临池早著名。
春闱携就处④，军幕载将行⑤。
不独雄文阵，兼能助笔耕。
莫嫌涓滴润，深染古今情。
洗处无瑕玷⑥，添时识满盈。
兰亭如见用，敲戛有金声⑦。

【注释】

①瓦砚：亦称"瓦研"。有以古宫殿瓦制作的砚。汉未央宫、魏铜雀台等殿瓦，瓦身如半筒，厚一寸弱，背平可研墨，唐宋以来文人雅士皆取之为砚。二则以古瓦形所制砚。此指后者。

②郢匠：春秋楚国郢中的巧匠，名石。《庄子·徐无鬼》："郢人恶漫其鼻端，若蝇翼，使匠石断之。匠石运斤成风，听而断之，尽垩而鼻不伤，郢人立不失容。"

③入台：加入政府的官署。台，常指御史台或指古代中央政府的官署。

④春闱：指唐、宋礼部试士和明清京城会试，均在春季举行，故称。犹春试。唐李中《送相里秀才之匡山国子监》："业成早赴春闱约，要使嘉

名海内闻。"

⑤军幪：军幕。幕：同"幪"。《玉篇·巾部》："幪，覆上曰幪，亦作幪。"指行军宿营的帐幕。

⑥瑕玷：玉上的斑点或裂痕。唐辛宏《白珪无玷》："皎皎无瑕玷，锵锵有佩声。"

⑦敲戛有金声：也作"敲戛金玉""敲金击玉""敲金击石"。指敲钟击磬，比喻诗文声调铿锵动听。

谢朱常侍寄贶蜀茶、剡纸二首①(其一)

崔道融

百幅轻明雪未融,薛家凡纸漫深红②。
不应点染闲言语,留记将军盖世功。

崔道融(生卒年不详),字不详,自号东瓯散人。约唐僖宗乾符前后在世。工绝句,与司空图为诗友,累官右补阙。《全唐诗》编诗一卷。

【注释】

①剡纸:亦称"剡藤纸",产于浙江省嵊县西南曹娥江上游的剡溪一带。此地以竹、藤造纸,故名。西晋张华《博物志》云:"剡溪古藤甚多。可造纸。故即名纸为剡藤。"晋中叶,剡藤纸被官方定为文书专用纸。唐代,称公牍为"剡牍"。北宋苏轼《分类东坡诗》:"苍鼠旧髯饮松腴,剡藤玉版开雪肤。"贶:赐予,赐赠。

②薛家凡纸漫深红:指"薛涛笺"。薛涛,唐女诗人。幼丧父落娼籍。早年居成都浣花溪,善制诗笺。笺色有十种。唐李贺有诗云:"浣花笺纸桃红色,好好题诗咏玉钩。"也名:"浣花笺""松花笺""减样笺""红笺"等。

谢人墨

齐 己

珍重岁寒烟,携来路几千。

只应真典诰①,消得苦磨研。

正色浮端砚②,精光动蜀笺③。

因君强濡染,拾此即忘筌④。

齐己(863—937),僧人。湖南益阳人。俗姓胡氏。自号衡岳沙门。初住大沩山寺,后住江陵龙兴寺,常与郑谷、曹松、方干酬唱,诗名当时。宋《宣和书谱》称其"留心书翰,传布四方,人以其诗并传。笔迹洒落,得行、字法"。《全唐诗》编诗十卷。

【注释】

①典诰:本指《尚书》中《尧典》《汤诰》等篇的合称。此泛指经书典籍。《王莽传(中)》:"各策命以其职,如典诰之文。"

②正色:指墨色纯正,无杂色。

③精光:指墨色光亮。

④忘筌:忘记了捕鱼之筌。语出《庄子·外物》:"筌者所以在鱼,得鱼而忘筌,蹄者所以在兔,得兔而忘蹄。"喻目的达到后就忘记了原来的凭借。"

送胎发笔寄仁公①

齐　己

内唯胎发外秋毫,绿玉新栽管束牢②。
老病手疼无那尔③,却资年少写风骚④。

【注释】

①胎发笔:指用婴儿胎发所制之笔。唐段公路《北户录》:"(胎发笔)多以小儿发为笔柱。"《江南府志》:"南朝有老姥善作笔。萧子云常用之,笔心用胎发。"

②绿玉:竹的别名。唐白居易《履道新居二十韵》:"篱菊黄金合,窗筠绿玉稠。"

③无那:无奈,无可奈何。唐杜甫《奉寄高常侍》:"汶上相逢年颇多,飞腾无那故人何。"

④风骚:文采,才情。毛泽东《沁园春·雪》:"唐宗宋祖,稍逊风骚。"

谢人惠纸
齐　己

烘焙几工成晓雪①，轻明百幅叠春冰②。
何消才子题诗外③，分与能书贝叶僧④。

【注释】

①烘焙：指用火烤干器物。

②轻明：薄而透明。

③何消：犹何须、何用。意谓用不着。

④贝叶僧：贝叶指古代印度人用以写经的树叶，后指佛经。唐玄奘《谢敕赉经序启》："遂使给园精舍，并入提封，贝叶灵文，咸归册府。"贝叶僧，指书写佛经的僧人。自称。

和复州李太保酬笔①

徐 铉

处处良工事笔锋，宣毫自昔最称雄②。
因思南国巾箱学③，愿入兰台掌握中④。
委质幸归彤玉匣⑤，操词曾侍兔园公⑥。
一篇丽藻真闲暇⑦，共仰才多道不穷。

徐铉（916—991），字鼎臣，扬州广陵（今江苏扬州）人。文字学家。初仕南唐，官翰林学士等。后归宋，官至散骑常侍。善诗文，尤精通文字学，与弟锴齐名，时称"二徐"。曾受诏与句中正等校订《说文解字》，世称"大徐文"。著有《徐公文集》。

【注释】

①复州：古地名。北周时设置，治所在今湖北沔阳县（今仙桃市）西。太保，古代官名。

②宣毫：犹"宣笔"，指安徽宣城县所制毛笔。其地以产宣纸盛名，制笔也精。唐、宋尤盛，有"陈氏""诸葛氏"等为著名。

③南国：泛指南方。唐宋之问《经梧州诗》："南国无霜散，连年见物华。"巾箱学：即巾箱本，指体积较小的古书。巾箱为古人装头巾的小箧，因书体积较小能装于巾箱，便于携带，故名，也称"袖珍本"。南宋戴埴《鼠璞》："给之刊印小册，谓巾箱本，起南齐衡阳王（萧钧）手写《五经》置于箱中。……今巾箱刻本无所不备。"

④兰台：本为汉宫藏书处，唐人诗文中常称秘书省为兰台。此谓后者。唐白居易《秘书省中忆旧山》："犹喜兰台非傲吏，归时应免动移

文。"掌握：犹手掌中。喻在所控制的范围内。唐杜甫《太子张舍人遗织成褥段》："掌握有权柄，衣马自肥轻。"

⑤委质：置身。唐白居易《感鹤》："委质小池内，争食群鸡前。"玉匣：玉饰的匣子，此谓精美的匣子。

⑥操词：犹执笔为文。兔园公：指汉梁孝王刘武，刘武曾在今河南商丘县筑"梁园"。即兔园。《西京杂记·卷二》："梁孝王好营宫室苑囿之乐，作曜华之宫，筑兔园。"

⑦丽藻：华美的辞文。

珊瑚笔格①

钱惟演

蕴粹沧波远②,搜奇铁网劳③。

柔条钻火树④,丽景夺星旄⑤。

丛倚栖油几⑥,枝疏荐兔毫⑦。

宝跗光瓦映⑧,翠匣价相高。

钩谩标祥谍⑨,人须咏楚骚⑩。

休将铁如意⑪,碎击为争豪。

钱惟演(977—1034),字希圣,钱塘(浙江杭州)人,吴越王钱俶第十四子。从父归宋,为古屯卫将军。博学能文辞,官至工部尚书。曾修《册府元龟》。其文辞清丽,与杨纪、刘筠等唱和,辑为《西昆酬唱集》,著有《金坡遗事》等。

【注释】

①珊瑚笔格:指用海中珊瑚做的笔架。

②蕴粹:蓄积精华。唐陈子昂《李府君妻张氏墓志铭》:"禀柔成性,蕴粹含章。"沧波,碧波。

③铁网:古人用以搜取珊瑚的网,三国吴万震《南州异物志》:"珊瑚生大秦国,有洲在涨海中,距其国七八百里,名珊瑚树洲。底有盘石,水深二十余丈,珊瑚生于石上。……三年色赤,便以铁钞发其根,系铁网于船,绞车举网。"宋梅尧臣《送韩子文寺丞通判瀛洲》:"选才才且殊,铁网收珊瑚。"

④火树:指珊瑚,红色。珊瑚的别名。明李时珍《本草纲目·金石八·珊瑚》:"珊瑚生海底;……变红色者为上,汉赵佗谓之火树是也。"

⑤星旄:绘有星辰的旄,泛指旌旗。《文选·扬雄·甘泉赋》:"流星旄以电烛兮,咸翠盖而鸾旗。"张铣注:"旄,以旄牛尾为之,饰以星文,其光如电,悬于竿上以指麾也。"

⑥丛倚:此谓多而相依靠。汉王延寿《鲁灵光殿赋》:"万楹丛倚,磊砢相扶。"栖:停留。油几:油漆光亮的小桌。几,古人坐时凭倚或搁置物件的小桌。

⑦荐:衬托。

⑧宝跗:指皇帝所用毛笔。汉刘歆《西京杂记》:"天子笔,管以错宝为跗,毛皆以秋兔之毫,官师路扈为之,以杂画为匣,厕以玉璧群羽,皆直百金。"

⑨钩谩:犹谩书,随意挥洒。祥谍:喜讯、吉祥之书、信。泛指美好的文章。

⑩楚骚:指战国楚屈原所作《离骚》。宋苏轼《次韵秦少游王仲至元日立春》:"词锋虽作楚骚寒,德意还同汉诏宽。"

⑪休将铁如意,碎击为争豪:铁如意,铁制的爪杖。此谓南朝宋刘义庆《世说新语·汰侈》:"武帝,(王)恺之甥也,每助恺。当以一珊瑚树高二尺许赐恺,枝柯扶疏,世罕其比。恺以示(石)崇,崇视讫,以铁如意击之,应手而碎。"

以蜀纸端砚寄仙芝

钱惟演

腻茧裁邛部①,苍崖映越溪②。

展时云冉冉③,呵久露凄凄④。

平滑逾鹅素⑤,精钢类枭蹄⑥。

轻于汉宫縠⑦,碧似夏王圭⑧。

钿轴聊闲卷⑨,银钩且醉题。

即时封密诏⑩,别有武都泥⑪。

【注释】

①邛部:指邛竹。指今四川邛崃一带所产之竹。古称邛州。此谓蜀纸产地。

②越溪:传说为越国美女西施浣纱之处。此谓瑞溪。越,指南方地区,也代称广东、广西一带。唐李白《古风》:"越客采明珠,提携出南隅。"

③冉冉:轻盈之貌。三国魏曹植《美女篇》:"柔条纷冉冉,落叶何翩翩。"此谓纸。

④凄凄:寒凉貌。晋陶潜《己酉岁九月九日》:"靡靡秋已夕,凄凄风露交。"此谓砚。

⑤鹅素:即"鹅溪绢"。亦称"鹅绢"。书画用绢帛。产于四川省盐亭县鹅溪。唐代为贡品,宋人书画尤重之。《新唐书·地理志六》:"陵州仁寿郡,本隆山郡,天宝元年更名。土贡:麸金、鹅溪绢、细葛。"宋苏轼《文与可有诗见寄次韵答之》:"为爱鹅溪白茧光,扫残鸡距紫毫铓。"逾:超过。

⑥精钢：纯钢。唐陆龟蒙《再酬袭美先辈见和读〈襄阳耆旧传〉之作》："精钢不足利，腰裹何劳追。"裹蹄；亦作"褭蹏""褭蹄"。铸金成马蹄形。借指金银，喻珍贵。

⑦汉宫縠："汉宫"指汉朝。縠：纱。《战国策·齐策四》："王之忧国忧民，不若王爱尺縠也。"颜师古注："纱縠，纺丝而织之也。轻者为纱，绉者为縠。"

⑧夏王圭：指大禹圭。夏朝，相传为大禹所建，都城在安邑，今山西夏县一带。圭：古代帝王诸侯朝聘、祭祀、丧葬等举行隆重仪式时所用的一种玉制礼器。长条形、上尖下方。其名称、大小因爵位及用途不同而异。《仪礼·聘礼》：贾公彦疏："凡圭，天子镇圭，公桓圭，侯信圭，皆博三寸、厚半寸，剡上左右各寸半，唯长短依命数不同。"

⑨钿轴：指镶嵌金、银、玉、贝等物的书画卷轴。

⑩密诏：皇帝秘密的诏书。

⑪武都泥：指封泥。李光德《中华书学大辞典》："汉代及以前之诏策书疏，墨书于木板上，往复信物亦然。为防泄密，在所削木板上写字，另用外板蔽之，以强紧缚，结交结处附以黏土，上钤印章，此称'封泥'。初见于道光二年（1822）四川出土物。"《佩文韵府·汉书仪》："天子信玺六，皆以武都紫泥封之。"武都，指汉武都郡，治所在今甘肃省礼县南。

纸

丁　谓

妙制剡溪人①，多名锦水春。
卷疑方絮重②，开觉露桃新③。
左氏三都贵④，张芝径寸珍⑤。
谢公如就乞⑥，九万一纤尘⑦。

丁谓（966—1037），字谓之，一字公言，苏州长州（今江苏苏州）人。淳化进士。官至相，封晋国公。《宋史》称其"机敏有智谋，险狡过人"。后获罪被贬崖州、雷州。死于光州。著作《丁谓集》《虎丘集》《刀笔集》等。

【注释】

①剡溪：指浙江嵊县南曹娥江的上游，以产纸著名。参阅前往。
②疑：凝结。同"凝"。《孙膑兵法·威王问》："孙子曰：营而离之，我并卒而击之，毋令敌知之，然而不离，按而止，毋击疑。"方絮：絮纸，《初学记》载汉服虔《通俗文》："方絮曰纸。"宋苏易简《文房四谱·卷四纸》载唐段成式《与温庭筠云蓝纸绝句序》："红方絮中，更拟相思之曲。"
③露桃：语出《乐府诗集·相如歌辞三·鸡鸣》："桃生露井上，李树生桃旁。"泛指桃花、桃树。此喻纸的轻新、明朗。
④左氏三都贵：此谓西晋文学家左思著《三都赋》："士人争抄之，致洛阳纸贵事。"参阅前唐李峤《砚》诗注。
⑤张芝：（？—192）东汉书法家，字伯英。敦煌酒泉（今甘肃酒泉）人，与弟昶并擅草，也工隶、行书，始作"一笔飞白书"，创为"今草"。

临池学书,池水尽墨,下笔为楷则,云"匆匆不暇草书"。时称"草圣"。《淳化阁帖》,刻有《冠军帖》等。著有《笔心论》。参阅前唐李峤《墨》诗注。

⑥谢公:当谓谢灵运(385—433),南朝诗人,小名客儿,人称"谢客"。陈郡阳夏(河南太康)人。谢玄子。袭封"康乐侯"。擅长山水诗赋,为山水诗派创始人,精文辞、喜书画。文章与颜延之齐名,并称"颜谢"。明人辑有《谢康乐集》。

⑦纤尘:微尘、微小。宋曾巩《闻喜亭》:"飞甍出万屋,地绝无纤尘。"

笔

丁 谓

霜距金犀利①，烟毫枳棘铦②。
绿沉裁镂管③，翠羽饰雕奁④。
几格朱黄杂⑤，台床竹素兼⑥。
古今资日用⑦，错综尽洪纤⑧。

【注释】

①霜距：指毛笔。犀利：坚挺锋利。

②枳棘：枳木与棘木。因其多刺而谓之恶木，常喻恶人或小人。铦：锋利。

③绿沉：亦作"绿沈"，浓绿色。晋王羲之《笔经》："有人以绿沉漆竹管及镂管见遗，录之多年。斯亦可爱玩，讵必金宝雕琢，然后为宝也。"

④翠羽：指翠鸟的羽毛，泛指珍宝。唐卢照邻《刘生》："翠羽装剑鞘，黄金镂马缨。"

⑤几格：亦作"几阁"。指书架、书橱。唐"几阁积群书，时来北窗阅"。朱黄：古人校点书籍用朱、黄两色笔以示区别。此借指图书。唐陆龟蒙《甫里先生传》："值本即校，不以再三为限，朱黄二毫未尝一日去手。"

⑥台床：犹书桌、几案。竹素：犹竹简、帛书，多指史册、书籍。唐柳宗元《读书》诗："竟夕谁与言，但与竹素俱。"

⑦资：资助、供给。

⑧错综：交错综合。《易·系辞上》："参伍以变，错综其数。"洪纤：犹言大小。《文选·班固〈典引〉》："铺观二代洪纤之度，其赜可探也。"张铣注："言布观殷、周大小之度，其幽深之迹亦可探究也"。

诗 笔

林 逋

青镂墨淋漓①，珊瑚架最宜。
静援花影转②，孤卓漏声迟③。
题柱吾无取④，如椽彼一时⑤。
风骚兼草隶⑥，千古有人知。

林逋（967—1028），字君复，钱塘（今浙江杭州）人，隐在西湖孤山，终身不仕、不娶，植梅养鹤，时称"梅妻鹤子"。卒谥和靖先生。善书法，精行书。为诗多写隐逸生活，尤为梅传神写照，《山园小梅》："疏影横斜水清浅，暗香浮动月黄昏。"为世著名，与钱易、范仲淹、梅尧臣等有诗相唱和。有《林和靖诗集》。

【注释】

①青镂：指青色玉雕的笔管，泛指毛笔。《南史·文学传·纪少瑜》："少瑜尝梦陆倕以一束青镂管授之，云：'我以此笔犹可用，卿自择其善者'。其文因此遒进"。"淋漓：形容文笔酣畅。唐李商隐《韩碑》：公退斋戒坐小阁，濡染大笔何淋漓。"

②静援：指平静、悠闲地书画。援：《说文·手部》："援，引也。"花影，犹月影。唐温庭筠《晚归曲》："丁丁暖漏滴花影，催入景阳人不知。"

③孤卓：犹孤拔，突出挺立貌。漏声：漏，古代的计时器具。也指漏壶滴水之声。唐杜甫《奉和贾至舍人早朝大明宫》："五夜漏声催晓剑，九重春色醉仙桃。"

④题柱：语出汉赵岐《三辅决录》。相传东汉灵帝时，长陵田凤为尚书

郎,仪貌端正。入殿奏事,"帝目送之,因题柱曰:'堂堂乎张,京兆田郎。'"后泛指受到皇帝赏识或求取功名的志向,此谓后者。唐杜甫《陪李七司马皂江上观造竹桥》:"顾我老非题柱客,知君才是济川功。"

⑤如椽:《晋书·王珣传》:"珣梦人以大笔如椽与之,既觉,语人云:'此当有大手笔事。'俄而帝崩,哀册谥议,皆珣所草。"喻笔力雄健,犹言大手笔。

⑥草隶:犹章草书。此泛指草书。唐张怀瓘《书断》:"后汉张伯英(芝)章草学崔(瑗)、杜(度)之法,因而变之,以成今草。"草隶者,犹草书之先,隶书弃繁就简,约定成俗,故名,也谓"隶草"。近代出土竹木简和残纸中,如西汉时《居延汉简》《武威汉简》等的一些简牍已呈草隶笔致。

奉和御制笔歌①

夏 竦

制之精兮汉宫之双管②,锋之妙兮赵国之修毫③。

自承掌握济群用,觚与椠兮难施劳④。

古今罔不达⑤,淑慝将何逃⑥。

深仰玉蟾均砚滴,讵惭金马制书刀⑦。

颉皇观迹虫篆兴⑧,纤端积润八体成⑨。

写图始告姬公瑞⑩,错宝终传路氏名⑪。

上圣惟聪炳帝文,宸章奎画冠生民⑫。

洒翰翠珉垂睿式⑬,珥彤丹地宠儒臣⑭。

夏竦(985—1051),字子乔,江州德安(今江西德安)人。以荫授官。累官陕西经略、安抚、招讨使。文章典雅藻丽,多识古文,学古字。治军尤严。《宋史》称其"材术过人,急于进取,喜交结,任术数,倾侧反复,世以为奸邪"。卒谥文庄。著有文集一百卷。

【注释】

①御制:皇帝制作的(物件)。

②双管:喻两件事同时进行。此谓书画同时的佳笔。语见宋郭若虚《图画见闻志·故事拾遗》:"唐张璪员外画山水松石名重于世。尤于画松特出意象,能手握双管一时齐下,一为生枝,一为枯干,势凌风雨,气傲烟霞。"

③赵国：指战国七雄之一。修毫：犹制笔。

④觚：木简。《急就篇》："急就奇觚与众异。"颜师古注：觚者，学书之牍，或以记事，削木为之，盖简之属也。……其形或六面，或八面，皆可书。觚者，棱也，以有棱角，故谓之觚。椠：书版、刻本，泛指书籍。此谓画版，古代削木为椠。未经书写者称椠。唐韩愈《喜侯喜至赠张籍张彻》："以余经摧挫，固请发铅椠。"施劳：解除劳作，犹休息。《楚辞·天问》："永遏在羽山，夫何三年不施。"

⑤罔：王纲法网。《汉书·汲黯传》："而刀笔之吏专深文巧诋，陷人于罔，以自为功。"

⑥淑慝：犹善恶。《书·毕命》："旌别淑慝，表厥宅里。"孔传："言当识别顽民之善恶，表异其居里。"

⑦讵惭：无愧、不愧。讵：《文选·江淹·别赋》："至如一去绝国，讵相见期。"刘良注："讵，无也。"金马：指翰林学士。唐刘禹锡《分司东都蒙襄阳李司徒相公书问因以奉寄》："早忝金马客，晚为商洛翁。"

⑧颉皇观迹虫篆兴：此谓仓颉造字事。东汉许慎《说文解字·叙》："黄帝之史仓颉见鸟兽蹄迒之迹，知分理之可相别异也，初造书契。"西晋卫恒《四体书势》引东汉崔瑗《草书势》："书契之兴，始自颉皇，写彼鸟迹，以定文章。"虫篆：犹虫书。西晋成公绥《隶书体》："虫篆既繁，草藁近伪，适之中庸，莫尚于隶。"

⑨八体：指秦代统一文字，废除不符合秦文的六国文字，定书体为八种。《说文解字·叙》："自尔秦书有八体：一曰大篆，二曰小篆，三曰刻符，四曰虫书，五曰摹印，六曰署书，七曰殳书，八曰隶书。"

⑩写图始告姬公瑞：宋苏易简《文房四谱》引《尚书》云："玄龟负图出，周公援笔以时写之。"姬公：周公。此谓"河图洛书"事。《易·系辞上》："河出图，洛出书，圣人则之。"古人认为出现"河图洛书"是帝王圣者的祥瑞之兆。

⑪错宝终传路扈名：错宝，镶嵌珠宝。路扈：制笔名家。详见前钱惟演《珊瑚笔格》注。

⑫宸章奎画：指帝王的书画、文章。宸奎，古人认为奎宿主文章。

奎，星宿名。宸，为北极星之处。引申为帝王的代称。

⑬洒翰：犹挥毫。唐杜甫《陈拾遗故宅》："到今素壁滑，洒翰银钩连"。翠珉：指石碑。此喻色泽鲜明的墨迹。睿式：指皇帝的尊仪。

⑭珥彤：犹珥笔。彤，赤管笔。《文选·王融·三月三日曲水诗序》："洁壶宣夜，辩气朔于灵台；书笏珥彤，纪言事于仙室。"刘良注："珥，执也；彤，赤管笔也。皆史臣所以书记君言也。"丹地：此谓帝王之所。儒臣：博学的臣子。

奉和御制砚歌

夏竦

南方潜璞出寒溪①，沉沉紫蔚凝坚姿②。

两仪肖象磨砻异③，三趾承隅琢饰奇④。

银带参华贡双阙⑤，玉蟾分滴润圆池。

微波澄淡当晴景，旌旗半浸龙蛇影。

轻浮春絮拂犀干⑥，微动日华明绮井。

蕊简交辉九禁深⑦，玉枝斜照中霄永⑧。

列璇台兮今得地⑨，迩清光兮叶灵契⑩。

宣丝旨兮扬圣谟⑪，赞云章兮熙睿志⑫。

弥章盛德冠生民⑬，务以文明化兆人⑭。

【注释】

①潜璞：隐藏的美玉。寒溪：指端溪。

②沉沉：亦作"沈沈"。水深貌。《文选·司马相如·上林赋》："沈沈隐隐，砰磅訇礚。"

③两仪：天地。《易·系辞上》："是故易有太极，是生两仪。"疏："不言天地而言两仪者，指其物体；下与四象相对，故曰两仪，谓两体容仪也。"磨砻：犹雕刻。宋黄庭坚《谢王仲至惠洮州砺石黄玉印材》："磨砻顽钝印此心，佳人持赠意坚密。"

④承隅：犹支撑。

⑤银带：银饰的腰带。借指高官显宦。参华：获得荣华。

⑥犀干：用犀角装饰的笔杆。

⑦蕊简：指道教经籍。也称蕊书。九禁：《佩文韵府》引《周礼·秋官掌交》："掌邦国之通事而结其交好，以谕九税之利，九礼之亲，九牧之维，九禁之难，九戎之威。"注："九禁，九法之禁。"

⑧中宵：半夜。

⑨得地：得到适合之所。

⑩迩：近、接近。灵契：地契，授予天下的凭证。《文选·扬雄·剧秦美新》："玄符灵契，黄瑞涌出。"李善注："玄符，天符也；契，地契也。"

⑪丝旨：圣旨用的丝帛。圣谟：犹圣旨，皇帝的旨意和命令。

⑫云章：《诗·大雅·棫朴》："倬彼云汉，为章于天。"郑玄笺："云汉之在天，其为文章，譬犹天子为法度天下。"此谓帝王之文章。睿志：圣明的意志，指皇帝的文治武功。

⑬弥章：广大宣扬。盛德：高尚之美德。

⑭兆人：兆民，百姓。《后汉书·光武帝纪上》："汉遭王莽，宗庙废绝，兆人涂炭。"

奉和御制墨歌

夏竦

昔造图书兮纪方志①,铅黄丹漆兮初为贵②。

后世增华兮迈昔贤,松烟布色兮明且妍。

一枝均赐官仪备,九子分形吉礼全③。

写功咏德盈缃帙④,体物缘情遍绮笺⑤。

阴山潜璞兮琢金池⑥,相须艺圃兮事攸宜⑦。

湘川青管兮束圆锋⑧,并列璇台兮用本同。

垂大训,述微言,孔墨之教兮长存⑨。

腾藻翰⑩,赞仪形⑪,渊云之妙兮惟精⑫。

上圣敦仁崇俭约⑬,厥篚珍奇诏皆却⑭。

唯许隃糜岁贡臻⑮,式彰文德化生民⑯。

【注释】

①方志:指记载四方风俗、地理、名胜及文化等的史志。《文选·左思·吴都赋》:"方志所辩,中州所羡。"张铣注:"方志谓四方物,土所记录者。"

②铅黄丹漆:铅粉、雌黄、丹砂,古人多用来校勘书籍。也称"铅黄""丹铅""朱黄"。漆:黑,指墨。

③九子:九颗星。《史记·天官书》:"尾为九子。"尾,二十八宿之一,有星九颗。

④缃帙:浅黄色的绢帛。泛指书卷、书籍。南朝梁萧统《文选·序》:"词人才子,则名溢于缥囊;飞文染翰,则卷盈乎缃帙。"咏德:赞咏功德。

⑤体物缘情：状物和抒情。《文选·陆机·文赋》："诗缘情而绮靡，赋体物而浏亮。"李善注："诗以言志，故曰缘情；赋以陈事，故曰体物。"绮笺：精美的书笺，泛指精美的书信、文札。

⑥阴山：在内蒙古自治区境内，与大兴安岭相接。金池：指砚池。

⑦攸宜：适合。

⑧湘川青管：指湖笔。

⑨孔墨：指儒家学派创始人孔子和墨家学派创始人墨子。《韩非子·颂学》："孔墨之后，儒分为八，墨离为三，取舍相反不同，而皆自谓真孔墨。"也指儒墨二派。

⑩藻翰：指华丽的文章。唐韦应物《送刘评事》："声华满京洛，藻翰发阳春。"

⑪仪形：容貌形状。《北史·崔瞻传》："仪形风德，人之师表。"

⑫渊云：汉王褒和扬雄的并称。王褒字子渊，扬雄字子云，两人皆以赋著称。汉班固《西都赋》："秦汉之所极观，渊云之所颂叹。"

⑬敦仁：仁厚。《易·系辞上》："安土敦乎仁，故能爱。"韩康伯注："安土敦仁者，万物之情也。物顺其情，则仁功赡矣"。俭约：节约，不奢侈。

⑭厥篚：盛贡品的竹器。《书·禹贡》："厥贡漆丝，厥篚织文。"《孔传》："织文，锦绮之属，盛之筐篚而贡焉。"皆却：都拒绝。

⑮隃糜：（参阅《酬张司马赠墨》注。）汉置古县名，因隃糜泽而得名。以产墨著称，后世借指墨或墨迹。此指墨。宋沈遘《七言和吴冲卿省舍观苏才翁题壁》："空堂老壁隃糜昏，苏子之迹世所珍。"

⑯式彰：用以显扬。

古瓦砚诗 张殿院惠

晏 殊

邺城宫殿久荒凉①,缥瓦随波出禁墙②。

谁约藓文成古砚③,等间裁破碧鸳鸯④。

已恣玉锋磨藓骨⑤,更持蟾泪湿云根⑥。

欲知千载凄凉意,尚有昭阳夜雨痕⑦。

晏殊(991—1055),字同叔,抚州临州(今江西抚州)人。景德(1004)进士,迁翰林学士。官相兼枢密使,七岁能文,称神童。为词典雅娴丽,尤擅小令。《浣溪沙》名句"无可奈何花落去,似曾相识燕归来"传颂颇广。著有《珠玉词》《晏元献遗文》等。

【注释】

①邺城:古都邑名。始建于春秋齐桓公时,毁于北周,为千年古都。有南、北两城,故址分别为今河北临漳、河南安阳。

②缥瓦:琉璃瓦。此为邺都宫殿之瓦或曹魏邺都铜雀台瓦制成的砚,质地细润而坚,唐宋文人墨客甚为钟爱。宋苏易简《文房四谱》:"魏铜雀台遗址,人多发其古瓦,琢之为砚甚工,而贮水数日不燥。"宋苏轼《得澄泥砚》:"举世争夸邺瓦坚,一枚不换百金颁。"禁墙:宫墙。

③藓文:指苔藓的痕迹。

④碧鸳鸯:指碧绿色的琉璃瓦。

⑤玉锋:笔锋。

⑥蟾泪:指文房用的水盂或砚滴。云根:山石。此指瓦砚。

⑦昭阳:指汉昭阳宫。唐王昌龄《长信怨》:"玉颜不及寒鸦色,犹带昭阳日影来"。泛指后妃所住宫殿。

谢伯恭篆屏蟾砚①

余 靖

古砚蟾蜍滴②,文屏薤叶书③。
世间多倚伏④,休叹橐中虚。
(自注:来诗云橐中奇物为棋轮)

余靖(1000—1064),本名希古,字安道,韶州曲江(今广东韶关)人。天圣二年(1024)进士。迁集贤校理。官至工部尚书。《宋史》称为"贤御史"。著有《武溪集》。

【注释】

①篆屏:雕刻有篆书的砚屏。砚屏,即"砚屏风"。放置于砚旁,以障风尘。为"文房十友"之一。材质多以金石、玉、瓷、木等为之,以供文人墨客清赏。始于北宋,宋赵希鹄《洞天清禄集·研屏辨》:"古无砚屏,或铭砚,多镌于砚之底与侧。自东坡、山谷,始作砚屏,既勒铭于砚,又刻于屏,以表而出之。"蟾砚:形似蟾蜍的砚台。唐常衮《晚秋集贤院即事寄徐薛二侍郎》:"缀帘金翡翠,赐砚玉蟾蜍。"

②蟾蜍滴:砚滴。《西京杂记·卷六》:"唯玉蟾蜍一枚,大如拳,腹空,容五合水,光润如新,玉取以盛书滴。"

③薤叶书:篆书的一种,北朝王愔《古今文字志目》称为"倒薤书"。传为殷汤时,仙人务光所创制,宋朱长文《墨池编》记曰:"务光植薤而食,清风时至,见叶交偃,象为此书。"

④倚伏:指事物相互依存,相互影响,相互转化。《老子》:"祸兮福所倚,福兮祸所伏。"

斑竹管笔①

梅尧臣

翠管江潭竹,斑斑红泪滋。
束毫何劲直,在橐许操持。
欲写湘灵怨②,堪传虞舜辞③。
蔚然君子器,安用俗人知。

梅尧臣(1002—1060),字圣俞,行二,又称梅二十五。宣城(今安徽宣州)人。宣城古称宛陵,故世称"宛陵先生"。以荫补官,赐进士出身。欧阳修荐为国子监直讲,迁尚书都官员外郎,诗风平淡、朴素,含蓄深刻,与苏舜钦齐名。世称"苏梅"。著有《宛陵先生集》。

【注释】

①斑竹管笔:指用有紫褐色斑点的竹子制作的毛笔。斑竹,也称湘妃竹。晋张华《博物志·卷八》:"尧之二女,舜之二妃,曰湘夫人,帝崩,二妃啼,以涕挥竹,竹尽斑。"

②湘灵:古代神话传说的湘水之神,此谓舜妃,即湘夫人。唐杜甫《奉先刘少府新画山水障歌》:"不见湘妃鼓瑟时,至今斑竹临江活。"

③虞舜:上古五帝之一,姓姚,名重华,因其天国于虞,故称虞舜。《史记·五帝本纪》:"虞舜者,名曰重华。"

永叔寄澄心堂纸二幅①

梅尧臣

昨朝人自东郡来，古纸两轴缄縢开②。
滑如春冰密如茧③，把玩惊喜心徘徊。
蜀笺蠹脆不禁久，剡楮薄慢还可咍④。
书言寄去当宝惜，慎勿乱与人剪裁⑤。
江南李氏有国日⑥，百金不许市一枚。
澄心堂中唯此物，静几铺写无尘埃。
当时国破何所有，帑藏空竭生莓苔⑦。
但存图书及此纸，辇大都府非珍瑰⑧。
于今已逾六十载，弃置大屋墙角堆。
幅狭不堪作诏命，聊备粗使供鸾台⑨。
鸾台天官或好事，持归秘惜何嫌猜。
君今转遗重增愧，无君笔札无君才。
心烦收拾乏匧椟⑩，日畏扯裂防婴孩⑪。
不忍挥毫徒有思，依依还起子山哀⑫。

【注释】

①永叔：北宋诗人、文学家欧阳修字，号醉翁、六一居士。"唐宋八大家"之一。自撰《新五代史》，著有《欧阳文忠公集》。澄心堂纸：澄心堂，南唐烈祖李昪所居室名。澄心堂纸，为南唐后主李煜所造一种细薄光润的纸。李煜（937—978），性好笔、墨、纸、砚的研制，专设局监造从蜀地招募纸工，仿蜀纸而精制，其质美华而冠古今，供官中御用。与当时歙

州"龙尾砚""李廷珪墨"饮誉天下。宋程大昌《演繁露》记曰:"江南李后主造澄心堂纸,前辈甚贵重之。江南平后六十年,其纸独有存者。"传宋欧阳修《新五代史》以澄心堂纸为稿本。

②缄縢:指捆扎纸的绳索。

③密如茧:此谓纸质细腻平滑。

④刬楮:即刬纸。哈:嗤笑。

⑤剪裁:剪破和裁开。

⑥江南李氏:指南唐李后主李煜。

⑦帑藏:国库。《汉书·王莽传》:"诸宝物名、帑藏、钱谷官,皆宦者领之。"

⑧珍环:珍宝。也作"珍瑰"。

⑨粗:粗糙,粗劣。鸾台:唐代门下省的别名。此谓朝廷的高级政务机构。

⑩匮椟:藏器物的箱或匣子。

⑪扯裂:撕裂。

⑫依依:隐约。子山哀:哀,庾信字(513—581)。北周文学家。南阳新野(今河南新野)人。博览群书、善诗赋、骈文,诗作与徐摛父子皆为绮丽艳靡风格。世称"徐庾"体。庾信作有《哀江南赋》。

得李殿丞端州砚

梅尧臣

鲛龙所窟处^①,其石美且坚。

蛮匠斫为砚^②,汉官求费钱。

持归向都邑^③,争乞如瓦砖^④。

岂识万里险,谬窃好事传^⑤。

【注释】

①鲛龙:蛟龙。鲛,通"蛟"。鲛指古代传说中兴风作浪,能发洪水的龙。

②蛮匠:指蛮人的工匠,南方的匠人。《礼记·王制》:"南方曰蛮,雕题交趾,有不火食者矣。"

③都邑:城市。此谓京城、京都。

④瓦砖:古代的纺锤。汉刘向《说苑·杂言》:"予独不闻和氏之璧乎,价重千金;然以之间纺,曾不如瓦砖。"

⑤谬窃:谬,谦辞。窃:抄写,抄袭。

答宋学士次道寄澄心堂纸百幅

梅尧臣

寒溪浸楮春夜月,敲冰举帘匀割脂①。
焙干坚滑若铺玉,一幅百钱曾不疑。
江南老人有在者,为予尝说江南时。
李主用以藏秘府,外人取次不得窥。
城破犹存数千幅,致入本朝谁谓奇。
漫堆闲屋任尘土,七十年来人不知。
而今制作已轻薄,比于古纸诚堪嗤。
古纸精光肉理厚,迩岁好事亦稍推。
五六年前吾永叔,赠予两轴令宝之。
是时颇叙此本末,遂号澄心堂纸诗。
我不善书心每愧,君又何此百幅遗。
重增吾赧不敢拒②,且置缣箱何所为③。

【注释】

①敲冰举帘匀割脂:澄心堂纸因造时精工细作,使纸肤卵如膜,坚洁如玉,细薄光润,纸首至纸尾均薄如一。《中华书法篆刻大辞典》:"制法是:在寒溪中浸楮皮料,再用敲冰水举帘,荡纸,最后焙干即成。"参阅前梅尧臣《永叔寄澄心堂纸二幅》注。

②吾赧:我惭愧而脸红。赧:《说文·赤部》:"赧,面惭而赤化。"

③缣箱:存放书画的箱子。

杜挺之赠端溪圆砚①

梅尧臣

雪压古寺深,中有卧病客。
访之语久清,饥马啮庭柏②。
案头蛮溪砚,其状若圆璧。
指此欲为赠,而将助吟席。
非意予敢贪,既拒颇不怿③。
大出楮中有,素许当自择。
强持慰勤心,归以示明戚。
哂曰岂其然④,为汲寒泉涤。
涤彼伪饰物,纸干见顽石。
清晨走髯奴,无厌愿求易。
拜赐遂如初,明月怀吞蚀。
微分鸲目莹,尚渍墨花碧。
词答谓我愚,悔复料已逆。
明日未央朝⑤,执手笑哑哑⑥。

【注释】

①杜挺之:不详。
②啮:咬、啃。唐拾得《诗》:"蚁子啮大树,焉知气力微。"
③怿:喜悦,《书·康诰》:"我惟有及,则予一人以怿。"
④哂:讥笑。《论语·先进》:"夫子何哂由也。"
⑤未央朝:未央,指汉官殿未央宫。未央朝,犹入宫上朝相见。
⑥哑哑:笑声。

答祖择之遗新罗墨①

梅尧臣

海上老松苑，霹雳烧瘦龙。

胡人犀皮胶②，团煤烟膏浓③。

色夺阳乌翅，来涉溟渤重④。

君获乃为赠，我谬虫鸟踪⑤。

且作异土玩⑥，不愧西域筇⑦。

【注释】

①祖择之：不详。新罗墨：新罗，今朝鲜的古国名。新罗墨即新罗国所产之墨。《钦定四库全书·子部·墨史卷·高丽》记曰："李公择尝惠苏子瞻墨半枚，其印文曰：张力刚。岂墨匠姓名耶？云得之高丽，使者魏道辅云：新罗墨有蝇饮其汁立死，不知何毒之如是也。后常戒人合药，勿用新罗墨。日本亦有墨，遍肌印文，如柿蒂形。"

②胡人：我国古代对北方边疆地带或西域各民族人民的称呼。也泛指外国人。犀皮胶，制墨的一种原材料。《钦定四库全书·宋晁季一·墨经·胶》记云："《考工记》曰：鹿胶清白，马胶赤白，牛胶火赤，鼠胶饵犀胶黄，莫先于鹿胶。"

③团煤烟膏浓：指制墨时，以松、煤、胶等和而成膏为墨形。

④溟渤：指渤海，喻其广漠无际。

⑤我谬：谦辞。唐杜甫《题省中院壁》："腐儒衰晚谬通籍，退食迟回违寸心。"虫鸟踪：犹篆书，泛指书法。

⑥异土：异国。

⑦西域：此指外国。筇：竹子。借谓外国的文房用具。

咏欧阳永叔文石砚屏二首①

梅尧臣

一

虢州紫石如紫泥②,中有莹白象明月。
黑文天画不可穷③,桂树婆娑生意发④。
其形方广盈尺间,造化施工常不没⑤。
虢州得之自山窟,持作名卿砚傍物。

二

凿山侵古云,破石见寒树。
分明秋月影,向此石上布。
中又隐孤壁,紫锦藉圆素。
山祇与地灵⑥,暗巧不欲露。
乃值人所获,裁为文室具。
独立笔砚间,莫使浮埃度⑦。

【注释】

①文石:指有纹理的石头。《山海经·北山经》:"又东北二百里,曰马成之山,其上多文石,其阴多金玉。"

②虢州:隋唐时州名。治所在今河南灵宝。唐代产澄泥砚,以为第一。《钦定四库全书·子部·砚谱》云:"虢州石,理细如泥,色紫可爱,

发墨不渗,久之石渐损凹。硬墨磨之则有泥香。"又《砚谱·虢砚》录云:"虢澄泥砚,唐人以为第一……"

③天画:天然纹饰之图画。

④婆娑:枝叶扶疏貌。唐杜甫《恶树》:"方知不材者,生长漫婆娑。"

⑤造化:独自然。《庄子·大宗师》:"今一以天地为大炉,以造化为大冶,恶乎往而不可哉。"

⑥山祇与地灵:山川土地之神。此谓山川土地的灵秀之气。祇:地神。

⑦浮埃:浮尘。

广陵欧阳永叔赠寒林石砚屏①

梅尧臣

磷磷石岸上②,浓淡树林分。

隔水见寒岛,暗枝藏宿云③。

贤哉吾益友,持以赠离群④。

琥珀不须问⑤,中心多化蚊。

【注释】

①广陵:古郡县名,治所在今江苏扬州市。

②磷磷:形容岸石色彩鲜明。五代齐己《道林寺居寄岳麓禅师》:"两处烟霞门寂寂,一般苔藓石磷磷。"

③宿云:隔夜之云。

④离群:指离开众人。《易·乾》:"上下无常,非为邪也;进退无恒,非离群也。"

⑤琥珀:古代松柏树脂的化石,晋张华《博物志》卷四:"《神仙传》云:'松柏脂入地千年化为茯苓,茯苓化琥珀',琥珀一名江珠。"

依韵和永叔澄心堂纸答刘原甫①

梅尧臣

退之昔负天下才,扫掩众说犹除埃②。
张籍卢仝斗新怪,最称东野为奇瑰③。
当时辞人固不少,漫费纸札磨松煤④。
欧阳今与韩相似,海水浩浩山嵬嵬⑤。
石君苏君比卢籍⑥,以我拟郊嗟困摧⑦。
公之此心实扶助,更后有力谁论哉。
禁林晚入接俊彦⑧,一出古纸还相哀。
曼卿子美人不识,昔尝吟唱同樽缶⑨。
因之作诗答原甫,文字快稳如刀裁⑩。
怪其有纸不寄我,如此出语亦善诙⑪。
往年公赠两大轴,于今爱惜不辄开。
是时有诗述本末⑫,值公再入居兰台⑬。
崇文库书作总目⑭,未暇缀韵酬草莱⑮。
前者京师竞分买,罄竭旧府归邹枚⑯。
自惭把笔粗成字,安可远与钟王⑰陪。
文墨高妙公第一,宜用此纸传将来。

【注释】

①刘原甫:刘敞字(1019—1068),世称公是先生,临江新喻(今江西新余)人。庆历进士。官至集贤院学士,判南京御史台。博通经史,长于

《春秋》学，开宋人批评汉儒先声。著有《春秋权衡》《公是集》等。与梅尧臣、欧阳修等相友善。欧阳修作有《和刘原父澄心纸》诗。

②退之昔负天下才，扫掩众说犹除埃：此谓唐"古文运动"领袖人物韩愈。韩愈（768—824），字退之。韩愈以古文章法为诗，是对诗歌传统表现手法的革新，为唐代诗风注入了新的生命力。他提倡"文以明道""文以贯通""不平之鸣"。《送孟东野序》云："大凡物不得其平则鸣……人之于言也亦然；有不得已者而后言，……唐之有天下，陈之昂、苏源明、元结、李白、杜甫、李观，皆以其所能鸣；其存而在下者，孟郊东野始以其诗鸣。……从吾游者，李翱、张籍其尤也。三子者之鸣信善矣：……"

③张籍卢仝斗新怪，最称东野为奇瑰：张籍（768—830？），字文昌，原籍吴郡（今江苏苏州），生长在和州乌江（今安徽和县）。贞元进士，官至国子司业。性介直，对韩愈亦多责讽，韩不忌。与孟郊、贾岛、王建等相唱答，白居易尝赠诗。尤为韩愈推重。有《张司业集》。卢仝（？—835），字不详，自号玉川子。家贫，唯图书满架，隐居少室山。诗作品行极为韩愈推重。著有《玉川子诗集》。孟郊（751—814），字东野，湖州武康（今浙江武康）人。贞元进士，官至奏署参谋等。为苦吟诗人，为诗反映现实，抒发不平之言，语言力求奇僻、艰涩，深为韩愈器重。与诗人贾岛齐名，时称"郊寒岛瘦"。卒后，张籍谥之曰：贞曜先生。著有《孟东野集》。古人作诗以儒家礼教为则，为诗以"温柔敦厚"为尚，韩愈反之于"不平之鸣"，力倡"发愤以抒情"，对张籍、孟郊、卢仝等人竭力推重。《酬司门卢四兄云夫院长望秋作》诗中有"乘酣骋雄怪"。《醉赠张秘书》诗中"险语破鬼胆，高词媲皇坟"。《送无本师归范阳》诗中"狂词肆谤葩，低昂见舒惨。奸穷怪变得，往往造平淡"充分肯定了作诗敢于破格出奇，构思怪、想象怪、语言怪等的诗风。正如《贞曜先生墓志铭》云："及其为诗，刿目鉥心，刃迎镂解，钩章棘句，搯擢胃肾，神施鬼施，间见层出。"韩愈还在《荐士》诗中对孟郊等人的诗进行评价。在《醉赠张秘书》一诗中云："君诗多态度，蔼蔼春空云。东野动惊俗，天葩吐奇芬。张籍学古淡，轩鹤避鸡群。"

④当时辞人固不少，漫费纸札磨松煤：此句充分表达对韩愈及其张

籍、卢仝、孟郊等诗人的崇敬。梅尧臣、欧阳修二人在宋代诗歌与散文的发展中,起了很大的影响。两人志同道合,同愿追随李杜、韩愈。欧阳修《六一诗话》中记曰:退之笔力,无施不可,而尝以诗为文章末事,故其诗曰"多情杯酒伴,余事作诗人"也。然后资谈笑,助谐谑,叙人情,状物态,一寓于诗,而曲尽其妙。此在雄文大手,固不足论,而余独爱其工于用韵也。……余尝与圣俞论此,以谓譬如善驭良马者,通衢广陌,纵横驰逐,惟意所之。至于水曲蚁封,疾徐中节,而不少蹉跌,乃天下之至工也。圣俞戏曰:"前史言退之为人木强,若宽韵可自足而轧傍出,窄韵难独而反不出,岂作其拗强而然欤?坐客皆为之笑也。"漫费:犹白费、徒费。金元好问《论诗卅首》之十八论曰:"东野穷愁死不休,高天厚地一诗囚。江山万古潮阳笔(韩愈曾被贬为潮州刺史),合在元龙百尺楼。"

⑤欧阳今与韩相似,海水浩浩山嵬嵬:梅尧臣对欧阳修的褒赞。欧阳修对于北宋文学的发展起了重要的推动作用。在文学革新的理论上,进一步发展了韩愈"文以明道"的主张。后人清刘熙载《艺概·诗概》中评云:"东坡谓欧阳公'论大道似韩愈,诗赋似李白',然试以欧诗观之,虽曰似李,其刻意形容,实于韩为逼近耳。"浩浩:海水盛大貌。此谓韩、欧学识渊博、浩富。欧阳修《读〈蟠桃诗〉寄子美》论韩道:"韩孟(郊)于文词,两雄力相当。篇章缀谈笑,雷电击幽荒。众鸟谁敢贺,鸣凤呼其皇。孟穷苦累累,韩富浩穰穰。穷者啄其精,富有烂文章。……二律虽不同,合奏乃铿铿。"盛赞韩愈之"雄文大笔"。嵬嵬:高大貌。

⑥石君:石延年(994—1041),字曼卿,应天宋城(今河南商丘)人。累官大理寺丞、秘阁校理等。诗人宗韩、柳,其诗深为欧阳修所重。著有《石曼卿诗集》。欧阳修《六一诗话》论曰:"石曼卿自少以诗酒豪放自得,其气貌伟然,诗格奇峭,又工于书,笔画遒劲,体兼颜柳,为世所珍。余家尝得南唐后主澄心堂纸,曼卿为余以此纸书其《筹笔驿诗》,诗,曼卿平生所自爱者,至今藏之,号为三绝,真余家宝也。"苏君:苏舜钦(1008—1049),字子美,绵州盐泉(今四川绵阳)人。以荫补官,景祐进士。范仲淹荐为集贤校理,监进奏院。其诗雄健豪放,与梅尧臣齐名,世称"苏梅"。著有《苏学士集》。欧阳修《六一诗话》论曰:"圣俞子美

齐名于一时，而二家诗体特异。子美笔力豪隽，以超迈横绝为奇；圣俞覃思精微，以深远闲淡为意。各极其长，虽善论者不能优劣也。余尝于《水谷夜行诗》异道其一二云：'子美气尤雄，万窍号一噫，有时肆癫狂，醉墨洒滂霈。譬如千里马，已发不可杀。盈前尽珠玑，一一难拣汰。……'语虽非工，谓粗得其仿佛，然不能优劣之也"。卢籍：卢仝、张籍。

⑦拟郊：拟孟郊。

⑧禁林：翰林院。《旧唐书·郑畋传》："禁林素号清严，承旨尤称峻重。"俊彦：指才智杰出的人。《书·太甲》："旁求俊彦，启迪后人。"

⑨樽罍：亦作"罍樽""罍尊"。指饰有云雷状花纹的酒樽。《礼记·礼器》："庙堂之上，罍樽在阼，牺樽在西。"

⑩快稳：快而稳，形容文辞尖利、工稳。

⑪善谑：犹戏谑、诙谐。

⑫本末：始末，由来。

⑬兰台：指御史台。刘原甫时判南京御史台。

⑭崇文库书作总目：即《崇文总目》。北宋仁宗景祐中王尧臣等编辑。以昭文、史馆、集贤三馆及秘阁所藏书籍校正条目，分类编次，共六十六卷。

⑮未暇：此谓没有时间顾及。汉刘桢《杂诗》："驰翰未暇食，日昃不知晏。"缀韵：犹赘辞，指多余的文诗。草莱：犹草民，指布衣、平民。

⑯邹枚：指汉邹阳、枚乘的并称。两人皆以才辩著名当时。

⑰钟王：指三国魏书家钟繇和东晋书家王羲之的并称。《晋书·王羲之传论》："伯英临池之妙，无复余踪；师宜悬账之奇，罕有遗迹。逮乎钟王以降，略可言焉。"

潘歙州寄纸三百番石砚一枚①

梅尧臣

永叔新诗笑原父,不将澄心纸寄予。
澄心纸出新安郡,腊月敲冰滑有余。
潘侯不独能致纸,罗纹细砚镌龙尾②。
墨花磨碧涵鼠须③,玉方舞盘蛇与虺④。
其纸如彼砚如此,穷儒有之应瞰鬼⑤。

【注释】

①潘歙州:生平不详。
②罗纹细砚镌龙尾:即"龙尾砚"。产于江西省婺源县,以龙尾山石制砚,为歙砚中上品。石中有罗纹粗、细、明、暗等。宋人苏轼、蔡襄等多有诗赞颂。参阅后苏轼《龙尾砚歌》诗。参阅前梅尧臣《永叔寄澄心堂纸二幅》诗。
③鼠须:指用鼠须制成的一种毛笔。晋王羲之《笔经》:"世传张芝、钟繇用鼠须笔,笔锋劲强有锋芒。"
④玉方:此对澄心纸的誉称。古代道士有赐玉方符者,玉制的符箓。
⑤瞰鬼:犹见鬼,形容感到意外。

九月六日登舟再和潘歙州纸砚

梅尧臣

文房四宝出二郡①,迩来赏爱君与予。

予传澄心古纸样,君使制之精意余。

自兹重咏南唐纸,将令世人知首尾。

又得水底碧玉胿②,溪匠畏持如抱虺。

拜贶双珍不可辞,年衰只怕歔欷鬼③。

【注释】

①二郡:指古歙州、新安郡。

②玉胿:泛指鱼的肉,此形容砚质的细腻。

③歔欷:悲歌。梅尧臣《贫》诗:"耻随波上下,难免鬼歔欷。"

汤珙秘校遗沉水管笔一枝①

梅尧臣

沉香细干天通中,束毫为呼诸葛翁②。
久从海上厌持握,乞与阮籍书途穷③。
物珍岂宜贱子有,更后应合归王公。
虚堂净几尘不到,砚傍置架珊瑚红④。
乃知用遇自有处,君今莫叹居蒿蓬⑤。

【注释】

①汤珙:生平不详。沉水管笔:指用沉香做的毛笔。沉水,即沉香。晋嵇含《南方草木状·蜜香沉香》:"此八物同出于一树也……木心与节坚黑,沉水者为沉香,与水面平者为鸡骨香。"

②束毫为呼诸葛翁:指唐代著名笔工诸葛氏之后裔宋代笔工诸葛高。诸葛高,继承家法,创制"无心散卓笔",为时名家推重。宋黄庭坚《山谷题跋》中记曰:"宣城诸葛高,系'散卓笔'。"又曰:"宣城诸葛高之副笔,锋虽尽而心故圆,此为有轮扁斫轮之妙。"宋欧阳修《圣俞惠宣州笔戏书》诗赞云:"宣人诸葛高,世守业不失。紧心缚长毫,三副颇精密。硬软适人手,百管不差一。"

③阮籍(210—263):字嗣宗,陈留尉氏(今河南开封)人。三国曹魏著名文学家、思想家。曾任曹魏尚书郎、步兵校尉。《三国志·阮籍传》称其"才藻艳逸,而倜傥放荡"。善为五言诗,为"竹林七贤"之一。时与嵇康齐名。后人辑有《阮步兵集》。《晋书·阮籍传》:"(阮籍)时率意独驾,不由径路,车迹所穷,辄恸哭而反。"唐杜甫《敬赠郑谏议十韵》:"将期一诺重,敢使寸心倾。君见途穷哭,宜忧阮步兵。"

④珊瑚红：指红珊瑚笔架。参见前钱惟演《珊瑚笔格》诗注。

⑤蒿蓬：指蒿和蓬。喻低贱，身在草野。也作"蓬蒿"。唐李白《南陵别儿童入京》诗云"仰天大笑出门去，我辈岂是蓬蒿人"。

重赋白兔[①]

梅尧臣

永叔云:诸君所作,皆以嫦娥、月宫为说,颇愿吾兄以他意别作一篇,庶几高出群类,然非老笔不可。

毛氏颖出中山中,衣白兔褐求文公。
文公尝为颖作传[②],使颖名字存无穷。
遍走五岳都不逢[③],乃至琅琊闻醉翁[④]。
醉翁传是昌黎之后身[⑤],文章节行一以同。
滁人喜其就笼绁[⑥],遂与提携来自东[⑦]。
见公于钜鳌之峰[⑧],正草命令辞如虹。
笔秃愿脱冠以从[⑨],赤身谢德归蒿蓬。

【注释】

①重赋白兔:此篇以应欧阳永叔之原所作,详见题注。

②文公尝为颖作传:指唐韩愈所撰《毛颖传》。其篇以笔拟人,为笔作传。

③五岳:即中岳嵩山、东岳泰山、西岳华山、南岳衡山,北岳恒山。

④醉翁:即欧阳修。宋仁宗庆历六年(1046),欧阳修被贬为滁州知州,时作《醉翁亭记》。文中所述"望之蔚然而深秀者,琅琊也"。琅琊:山名,在今安徽滁州市西南。东晋元帝为琅琊王时,曾居此山,故名。

⑤昌黎:即韩愈。

⑥笼绁:指罪人所带之刑具。绁:《论语·公冶长》:"虽在缧绁之中,非其罪也。"

⑦提携：指挽手领着走。欧阳修《醉翁亭记》云："至于负者歌于途，行者休于树，前者呼，后者应，伛偻提携，往来而不绝者，滁人游也。"

⑧钜鳌之峰：鳌峰，指翰林院。宋魏泰《东轩笔录》卷十一："宋景文公守益州……为承旨，作诗曰：'粉署重来忆旧游，蟠桃开尽海山秋。宁知不是神仙骨，上到鳌峰更上头。'"

⑨笔秃：指毛笔老秃，犹"败笔"。脱冠：指辞官。

铜雀砚①

梅尧臣

歌舞人已死,台殿栋已倾。
旧基生黑棘。古瓦埋深耕。
玉质先骨朽,松栋为埃轻。
筑紧风雨剥,埏和铅膏精②。
不作鸳鸯飞③,乃有科斗情④。
磨失沙砾粗,扣知金石声。
初求畎亩下⑤,遂厕几席清。
入用固为贵,论古莫与并。
端溪割紫云,空负世上名。
韩著毛颖传,何独称陶泓⑥。
倪以较岁年,泓当视如兄。

【注释】

①铜雀砚:指用魏铜雀台殿瓦所制之砚。

②埏和:以水和土。《管子·任法》:"昔者尧之治天下也,犹埴之在埏也,唯陶之所以为。"铅膏:铅粉和油膏。

③鸳鸯:鸟名,似野鸭。雄的羽毛绚丽,头后有铜赤、紫、绿等色羽冠,嘴红色,脚黄色。雌的体稍小,羽毛苍褐色,嘴灰黑色。为我国著名特产珍禽之一。《诗·小雅·鸳鸯》:"鸳鸯于飞,毕之罗之。"

④科斗:指科斗文字,我国古代字体之一。其笔画豆圆大尾细长,状似蝌蚪而得名。《书序》:"至鲁共王好治宫室,坏孔子旧宅以广其居,于

壁中得先人所藏古文虞、夏、商、周之书，及传《论语》《孝经》，皆科斗文字。"此泛指书法。

⑤畎亩：指田地、田野。《国语·周语下》："天所崇之子孙，或在畎亩，由欲乱民也。"

⑥陶泓：指砚。唐韩愈《毛颖传》云："颖（笔）与绛人陈玄（墨）、弘农陶泓（砚）及会稽楮先生（纸）友善，相推至，其出处必偕。"唐杨炯《登秘书省阁诗序》："陶泓寡务，缃素多闲。"

次韵永叔试诸葛高笔戏书

梅尧臣

公负天下才,用心如用笔。
端劲随意行,曾无一画失。
因看落纸字,大小得疏密。
笔工诸葛高,海内称第一。
频年值我来,我愧不堪七①。
安能事墨研,欲效前人述。
懒性真嵇康②,闲坐喜扪虱③。
是以持献公,不使物受屈。
果然公爱之,奇踪写名实。
岂惟播今时,当亦传异日。
嗟哉试笔诗,藏不容人乞。

【注释】

①愧:惭愧。《荀子·儒效》:"邪说畏之,众人愧之。"七:指"七体",为赋体的另一形式。始于西汉枚乘《七发》,后人仿效之故名。

②嵇康(224—263):字叔夜,谯郡铚县(今安徽宿州)人。三国曹魏文学家、思想家。工诗文,精乐理,尚老庄,为"竹林七贤"之一。因不满当权的司马氏集团,被司马昭所杀。后人辑有《嵇康集》。鲁迅辑校最为详备。

③扪虱:形容从容放达,侃侃而谈。《晋书·苻坚载记·王猛传》记曰:"王猛字景略,北海剧人也。少贫贱以鬻畚为业。……隐于华阴山,

怀佐世之志,希龙颜之主,敛翼待时,侯风云而动。候温入关,猛被褐而诣之,谈当世之事,扪虱而言,旁若无人……"

和刘原父澄心堂纸[①] 原校：一作奉赋澄心堂纸 至和二年。

欧阳修

君不见曼卿子美真奇才，久已零落埋黄埃[②]。
子美生穷死愈贵，残章断稿如琼瑰。
曼卿醉题红粉壁，壁粉已剥昏烟煤。
河倾昆仑势曲折，雪压太华高崔嵬[③]。
自从二子相继没，山川气象皆低摧。
君家虽有澄心纸，有敢下笔知谁哉。
宣州诗翁饿欲死[④]，黄鹄折翼鸣声哀。
有时得饱好言语，似听高唱倾金罍。
二子虽死此翁在，老手尚能工翦裁。
奈何不寄反示我，如弃正论求俳诙[⑤]。
嗟我今衰不复昔，空能把卷合且开。
百年干戈流战血，一国歌舞今荒台。
当时百物尽精好，往往遗弃沦蒿莱。
君从何处得此纸，纯坚莹腻卷百枚。
官曹职事喜闲暇，台阁唱和相追陪。
文章自古世不乏，间出安知无后来[⑥]。

欧阳修（1007—1072），字永叔，号醉翁，六一居士。吉州庐陵（今江西吉安）人。家贫以荻画地学书。天圣进士。官至枢密副使，观文殿学士、太子少师。《宋史》称其"天资刚劲,见义勇为"。嗜古好学,博通群书,主张文以"明道""致用",诗文兼李、杜、韩愈之长,为诗文革新运动领袖、"唐宋八大家"之一。曾巩、王安石、苏洵父子均受其誉。与宋祁合修《新唐书》。自撰《新五代史》,著有《欧阳文忠公集》。

【注释】

①此诗辑自《全宋诗》第六卷。诗后注曰:"以上《欧阳文忠公集·居士集》卷五。"参见前梅尧臣《依韵和永叔澄心堂纸答刘原甫》诗。

②黄埃:黄色的尘埃,此犹黄土。

③太华:即西岳华山。

④宣州诗翁:指梅尧臣,安徽宣城人,故称。

⑤俳诙:诙谐取笑。

⑥安知:怎知。

答谢景山遗古瓦砚歌①

欧阳修

火数四百炎灵销②,谁其代者当涂高③。
穷奸极酷不易取,始知文景基肩牢④。
坐挥长喙啄天下⑤,豪杰竞起如蝟毛⑥。
董吕傕汜相继死⑦,绍术权备争咆咻⑧。
力强者胜怯者败,岂较才德为功劳。
然犹到手不敢取,而使螟蝗生蝮蜪⑨。
子丕当初不自耻⑩,敢谓舜禹传之尧。
得之此以失亦此,谁知三马食一槽⑪。
当其盛时争意气,叱咤雷霆生风飙⑫。
干戈战罢数功阀⑬,周蔑方召尧无皋⑭。
英雄致酒奉高会,巍然铜雀高迢迢⑮。
圆歌宛转激清徵,妙舞左右回纤腰。
一朝西陵看拱木⑯,寂寞穗帐空萧萧⑰。
当时凄凉已可叹,而况后世悲前朝。
高台已倾渐平地,此瓦一坠埋蓬蒿。
苔文半灭荒土蚀,战血曾经野火烧。
败皮弊网各有用⑱,谁使镌镵成凸凹⑲。
景山笔力若牛弩,句遒语老能挥毫。
嗟予夺得何所用,簿领朱墨徒纷淆⑳。
走官南北未尝舍,缇袭三四勤缄包㉑。

有时属思欲飞洒㉒,意绪轧轧难抽缫㉓。

舟行屡备水神夺,往往冥晦遭风涛㉔。

质顽物久有精怪,常恐变化成灵妖。

名都所至必传玩,爱之不换鲁宝刀㉕。

长歌送我怪且伟,欲报惭愧无琼瑶㉖。

【注释】

①谢景山:生平不详。

②炎灵:指汉朝,以大德为王。《文选·谢朓·和伏武昌登孙权故城》:"炎灵遗剑玺,当涂骇龙战。"

③当涂:指三国魏的代称。《晋书·慕容炜载记论》:"自当涂禀记,典午握符,推亡之功,掩岷吴而可录,御远之策,怀戎狄而犹漏。"

④文景:西汉文帝与景帝的并称。两帝在位时,社会比较安定富裕,史称"文景之治"。基局:泛指城关,以借指基业。

⑤长喙:长嘴,喻说空话或搬弄是非。此指东汉和帝以后,外戚、宦官专权和他们之间的互相倾轧、争斗,使社会矛盾激化,从而爆发了以张角为代表的"黄巾军"农民大起义。

⑥蝟毛:刺猬之毛。形容众多。蝟,今作"猬"。南朝梁元帝萧绎《与鲍泉书》:"须似蝟毛,徒劳绕喙。"

⑦董吕催汜:指董卓、吕布、李傕、郭汜。董卓(?—192),字仲颖,陇西临洮(甘肃岷县)人。少好侠,有勇力,官至前将军、并州牧。《三国志·董卓传》称其"狼戾残忍,暴虐不仁,自书契以来,殆未之有也"。吕布:(?—199),字奉先,五原九原(今内蒙古包头)人。初为丁原部下,后杀丁原投靠董卓,后与王允合谋杀卓,封温侯。后被董卓部将李傕、郭汜等人击败。随又投奔袁术、袁绍、刘备等人。建安三年(198)被曹操擒杀。《三国志·吕布传》称其"有鸠虎之勇,而无英奇之略,轻狡反复,唯利是视"。李傕、郭汜二人均为董卓的部将。

⑧绍术权备：指袁绍、袁术、孙权、刘备。袁绍（？—202），字本初，汝南汝阳（今河南商水）人。少帝时，何进谋诛宦官，事泄被杀。《三国志·袁绍传》称其"外宽内忌，好谋无史，有才而不能用，闻善而不能纳"。袁术（？—199），字公路，汝南汝阳（今河南商水）人。汉灵帝时为虎贲中郎将。董卓废少帝，出奔南阳。后被曹操和袁绍合击，转据扬州。建安二年（197），在寿春（今安徽寿县）称帝，自号"仲家"。《三国志·袁术传》称其"奢淫肆欲，征欲无度"。孙权(182—252)，字仲谋，吴郡富春（今浙江富阳）人。东汉末继其兄孙策据江东六郡，建吴国。《三国志·孙权传》称其"仁而多断""举贤任能"，先于刘备联合败曹操于赤壁之战，后又败刘备于彝陵。黄龙元年（229），在武昌称帝，国号吴，后迁都建业（今江苏南京）。刘备（161—223），字玄德，涿郡涿县（今河北涿州）人。三国蜀汉的建立者，亦称汉昭烈帝、刘先主。221—223年在位。《三国志·先主传》称其"弘毅宽厚，知人待士，盖有高祖之风，英雄之器焉"。咆咻：咆哮，此谓三国争霸。

⑨螟蝗：螟和蝗。均为食稻麦的害虫。蝮蜪：蝗的未生翅的幼虫。《尔雅·释虫》："蝚：蝮蜪。"郭璞注："蝗子未有翅者。"

⑩子丕：指曹操之子曹丕。曹丕（187—226），字子桓，谯（今安徽亳县）人。三国曹魏的建立者，即魏文帝。200—226年在位。曹操的次子。建安二十五年（220）袭位为丞相、魏王。同年代汉称帝，都洛阳，国号魏。《三国志·文帝纪》："天资文藻，下笔成章。"著有《典论》及诗赋百余篇。所作《燕歌行》是现存最早的七言诗。并召集文人学士撰成《皇览》，是现存最早的类书。

⑪三马：即三国鼎立。

⑫叱咤：怒斥声。

⑬功阀：功劳。宋苏轼《上皇帝书》："依将校法长吏得荐其才者，第其功阀，书其岁月。"

⑭周蔑：蔑，古地名，即姑蔑。今山东省泗水县附近。《春秋·隐公元年》："三月，公及邾仪父盟于蔑。"方召：指西周召公，与周公共同执政，号为"共和"，共和元年为公元前841年。尧无皋：指天下永远太平。

古史传说尧时天下太平。因此"尧"为盛世。无皋：无边际。

⑮英雄致酒奉高会，巍然铜雀高迢迢：此指三国魏武帝曹操建铜雀台，大宴文武事。《三国志·武帝纪》："建安十五年……冬，作铜雀台。"又《罗贯中·三国演义·五十六回》："曹操大宴铜雀台，孔明三气周公瑾。"

⑯西陵：指三国魏武帝曹操陵寝。在今河南省临漳县。《彰德府志·地理志二》："操且死，令施穗账于上，朝晡，上酒及糗粮，使宫人歌吹帐中，望吾西陵。"

⑰穗帐：用细而疏的麻布制成的灵帐。三国魏曹操死时遗令曰："于台堂上安六尺床，于穗账。"参阅前注。

⑱败皮弊网：指残败的墙或瓦砾、破烂的网等。形容坠败的物体。

⑲凸凹：亦作凹凸，指高低不平。

⑳朱墨：指用朱墨和墨笔批点或编撰书籍。纷淆：混淆杂乱。

㉑缇袭：犹什袭。指用赤色缯把物品重重包裹起来。《晋书·挚虞传》："燕石缇袭以华国兮，和璞遥弃于南荆。"缄包：犹缄保，指封存。

㉒属思：构思。唐韩愈《和崔舍人咏月》："属思摛霞锦，追欢罄缥瓶。"

㉓轧轧：难出貌。《史记·律书》："甲者，言万物剖符甲而出也；乙者，言万物生轧轧也。"《文选·陆机〈文赋〉》："理翳翳而愈伏，思轧轧其若抽。"抽缫：犹抽丝，指理出头绪。

㉔冥晦：昏暗。唐刘恂《岭表录异》卷上："天是冥晦，风雨随作。"

㉕鲁宝刀：此为鲁国出产的刻写刀，亦称"鲁削"。宋王应麟《困学纪闻·周礼》："古未有笔，以书刀刻字于方策，谓之削。鲁为诗书之国，故《考工记》以鲁之削为良。"

㉖琼瑶：美玉。喻美好的诗文。唐高适《酬李少府》："日夕捧琼瑶，相思无休歇。"

古瓦砚

欧阳修

砖瓦贱微物①,得厕笔墨间。

于物用有宜,不计丑与妍。

金非不为宝,玉岂不为坚。

用之以发墨,不及瓦砾顽。

乃知物虽贱,当用价难攀。

岂惟瓦砾尔,用人从古难。

【注释】

①砖瓦:此指瓦砚。

圣俞惠宣州笔戏书①

欧阳修

圣俞宣城人，能使紫毫笔。

宣人诸葛高，世业守不失。

紧心缚长毫，三副颇精密。

硬软适人手，百管不差一。

京师诸笔工，牌榜自称述。

累累相国东②，比若衣缝虱。

或柔多虚尖，或硬不可屈。

但能装管榻，有表曾无实。

价高仍费钱，用不过数日。

岂如宣城毫，耐久仍可乞。

【注释】

①圣俞惠宣州笔戏书：参阅前梅尧臣《次韵永叔试诸葛高笔戏书》。

②相国：即丞相，也称相邦，为百官之长。宋高承《事物纪原·师保辅相·相国》："亦秦置官，始皇帝立，尊吕不为相国。汉初萧何亦为之，今人以呼宰辅也。"

答章望之秘校惠诗求古瓦砚

韩 琦

魏宫之废知几春①,其间万事成埃尘。
唯有昭阳殿瓦不可坏②,埋没旷野迷荒榛。
陶甄之法世莫得③,但贵美璞踰方珉④。
数百年来取为砚,墨光烂发波成轮。
求之日盛得日少,片材无异圭璧珍⑤。
巧工近岁知众宝,杂以假伪规钱缗⑥。
头方面凸概难别,千百未有三二真。
我来本邦责邺令⑦,朝搜暮索劳精神。
遗基坏地遍坑窟,始获一瓦全元淳。
藓斑著骨尚乾翠,夜雨点渍痕如新。
当时此复近檐溜⑧,即以篆字花其唇⑨。
磨砻累日喜成就⑩,要完旧质知无伦。
吾才寡陋不足称,思与好古能文人。
好古能文今者谁,武宁秘书章表民⑪。
无诗尚欲两手付,何况大雅之奏闻铿纯⑫。

韩琦(1008—1075),字稚圭,相州安阳(今河南安阳)人。天圣进士,累官右司谏、枢密使,后拜相。与富弼齐名,号称贤相。《宋史》称其爱士荐才"折节下士,以奖拔人才为急"。

【注释】

①魏宫：泛指三国曹魏时宫殿。唐柳宗元《龟背戏》："修门象棋不复贵，魏宫妆奁世所弃。"

②昭阳殿：汉宫殿名。汉班固《西都赋》"昭阳特盛，隆乎孝成"。

③陶甄：指烧制瓦器。

④美璞：美玉。踰：胜过。亦作"逾"。珉，似玉的美名。唐李咸用《览友生古风》：荆璞且深藏，珉石方如雪。

⑤圭璧：古代帝王、诸侯祭祀或朝聘时所用的一种玉器。《诗·大雅·云汉》："靡神不举，靡爱斯牲。圭璧既卒，宁莫我听。"朱熹集传："圭璧，礼神之玉也。"

⑥钱缗：指金钱。

⑦邺令：指管理邺郡的官吏。

⑧檐溜：即檐沟，亦指檐沟流下的水。唐贾岛《郊居即事》："叶书传野意，檐溜煮胡茶。"

⑨唇：指物体的边、边缘。此指瓦的边。

⑩磨砻：此谓雕凿刻削。

⑪章表民：即题章望之（生卒年不详）。北宋福建浦城人。潜心读书，钻研学问，志气宏远，为文辩博长于议论。著述颇丰。《宋史》有传。

⑫铿纯：形容声音洪亮和谐。宋苏轼《兴龙节集英殿宴教坊词·勾杂剧》："金奏铿纯，既度《九韶》之曲；霓衣合散，又陈八佾之仪。"

答陈舜俞推官惠诗求全瓦古砚

韩　琦

邺宫废瓦埋荒草①，取之为砚成坚好。
求者如麻几百年，宜乎今日难搜讨。
吾邦匠巧世其业，能辨环奇幼而老。
随材就器固不遗，大则梁栋细棼橑②。
必须完者始称珍，何殊巨海寻三岛③。
荆人之璧尚有瑕④，夏后之璜岂无考⑤。
况乎此物出坏陶，千耕万斸常翻搅⑥。
吾今所得不专全，祕若英瑶藉文缫⑦。
君诗苦择未如意，持赠只虞咍绝倒⑧。
君不见镇圭尺二瑁四寸⑨，大小虽异皆君宝。

【注释】

①邺宫：指邺都的宫殿。此特指曹魏之铜雀台等宫殿。

②棼橑：楼阁的栋和椽。《文选·班固〈西都赋〉》："列棼橑以布翼，荷栋桴而高骧"。李善注："《说文》曰：棼，复屋栋也。扶云切。又曰：橑，椽也。"

③三岛：亦称"三壶""三神山"。秦汉方士称东海中仙人所居之地。《史记·秦始皇本纪第六》："维二十八年，……齐人徐市等上书，言海中有三神山，名曰蓬莱、方丈、瀛洲，仙人居之。"

④荆人之璧：即和氏璧。南朝宋谢惠连《鞠歌行》："南荆璧，万金赀，卞和不斫与石离。"

⑤夏后之璜：宋苏东坡《峻灵王庙记》："古者王室及大诸国，皆有宝，周有琬琰大王、鲁有夏后氏之璜，皆所以守其社稷，镇抚其人民也。"

⑥斸：《说文·斤部》："斸，斫斸也。"此谓掘。唐张碧《农父》诗："运锄耕斸侵星起，陇亩丰盈满家喜。"

⑦英瑶：瑛瑶。指美玉。英，通"瑛"，美玉。《诗·魏风·汾沮洳》："彼其之子，美如英。"马瑞长通释："如英犹云如玉。英通作'瑛'"。藉：凭借，依托。文繅：文璪，指美玉的彩色垫板。繅，通"璪"。《周礼·春官·典瑞》："王晋大圭，执镇圭，繅藉五采五就以朝日。"

⑧只虞：只是猜想，料想。哈：叹词，此谓欢迎。

⑨镇圭：指古代举行朝仪时天子所执的玉制礼器，长一尺有二。以四镇之山为雕饰，取安定四方之义。《南齐书·礼志上》："天子冕而执镇圭，尺有二寸。"瑁四寸，瑁，古代天子所执的瑞玉，用以合诸侯之圭者，因冒其上，故名瑁。《说文·玉部》："瑁，诸侯执圭朝天子，天子执玉以冒之似犁冠。"《周礼》曰："天子执瑁四寸。"

寄并帅庞公古瓦砚①

韩 琦

邺瓦搜来颇异常②,寄诚安足奉文房③。

早陪神化丹青笔,莫滞边书赤白囊④。

【注释】

①庞公:不详。

②邺瓦:邺宫之瓦。参阅前注。

③文房:指书房。

④边书:指寄自边地的书信。宋张孝祥《满江红·于湖怀古》:"边书静,烽烟息。通轺传,销锋镝。"赤白囊:指古代递送紧急情报的文书袋。唐刘禹锡《和司空裴相公中书即事通简旧寮之作》:"日运丹青笔,时看赤白囊。"

次韵答并帅庞公谢寄古砚

韩 琦

谁传石末首青州①,邺砚今推第一流。
更好岂堪濡化笔,报琼终念木瓜投②。

【注释】

①谁传石末首青州:指青州石末砚。青州即今山东省青州市,盛产砚。世称"鲁砚"。《钦定四库全书·宋·高似孙·砚笺卷三》录云:"青州石末第一,磨墨易冷。"又"(柳)公权论石末云:墨易冷。世莫晓其语,青州易得无足珍,唐人作羯鼓腔,岂砚材乎?(东坡杂说)。"

②报琼终念木瓜投:指互相馈赠之物。语出《诗经·卫风·木瓜》:"投我以木瓜,报之以琼琚。"唐贾岛《投张太祝》:"欲买双琼瑶,惭无一木瓜。"

歙砚诗

赵 抃

君家歙溪边，自采歙溪石。

刜磨清泉根，刳斩紫虹脊①。

罗纹洗莹致，蛾眉隐纤直②。

叩声清而长，触手生汗液。

赵抃（1008—1084），字阅道，号知非子，衢州西安（今浙江衢县）人，景祐元年（1034）进士。官殿中侍御史，铁面无私，不避权贵，时称"铁面御史"，历知睦州、虔州、成都等地。反对王安石变法。卒谥清献。著有《清献集》。

【注释】

①刳斩：犹消除。此谓雕凿石砚。

②蛾眉隐纤直：指砚石中之纹理。清《钦定四库全书·宋·唐积·歙州砚谱》："品目第四：眉子石其纹七种，金星地眉子、对眉子、短眉子……"

谢人惠笔

邵　雍

爱重寄文房①，殷勤谢远将。
兔毫刚且健，筠管直而长。
静录新诗稿，闲抄旧药方。
自余无所用，足以养锋芒。

邵雍（1011—1077），字尧夫。自号安乐先生，伊川翁。祖籍范阳（今河北涿州）。早年随父移居共城（今河南辉县）苏门山下，筑室苏门山百源上读书，学者称"百源先生"。与周敦颐、程颐、程颢齐名，以治《易》、先天象数之学著称。晚居洛阳，与司马光、富弼、吕公著恒相从游。著有《皇极经世》《伊川击壤集》等。

【注释】

①爱重：喜爱和看重。《韩非子·内储说上》："嗣君重如耳，爱世姬，而恐其皆因爱重以壅己也。"

王胜之谏议见惠文房四宝内有巨砚尤佳因以谢之

邵 雍

铜雀或常闻①,未尝闻金雀②。

始愧林下人③,识物不甚博。

金雀出何所,必出自灵岳④。

剪断白云根,分破苍岑角⑤。

既为之巨砚,遂登于纶阁⑥。

水贮见温润,墨发知瀺濯。

窗下喜鉴开,案前惊月落。

见赠何殷勤,欲报须和璞。

胡为不且留⑦,洪化用斟酌⑧。

胡为不且留,贤人用选擢。

胡为不且留,奸人用诛削⑨。

胡为不且留,生灵用安泊⑩。

则予何人哉⑪,拜贶徒惊矍⑫。

须是笔如椽,方能无厚怍⑬。

【注释】

①铜雀:指铜雀砚。

②金雀:指金雀砚。《钦定四库全书·宋·高似孙·砚笺卷三》:"金雀石砚,淄州(今山东淄川)金雀山有蕴玉、金星二石中砚""金雀山石细

青润密，叩如金玉，用墨不逮歙"。李光德《中华书学大辞典》："金雀石，一种砚石，产于山东益都县金雀山，色呈绀青，质润密，叩有金玉。《怪石录》：谓其'用墨不逮歙（石）'，但不失为良石。"

③林下人：此谓山林田野退隐之人。

④灵岳：灵秀的山岳。三国魏嵇康《答二郭》诗："结友集灵岳，弹琴登清歌。"

⑤苍岑：青山。唐陈子昂《南山家园》："轩窗交紫霭，檐户对苍岑。"

⑥纶阁：中书省的代称。是为皇帝撰拟制诏之处。唐《初学记》卷十一："又中书职掌纶诰，前代词人，因谓纶阁。"

⑦胡为：何为，为什么。《诗·北风·式微》："微君之故，胡为乎中露？"

⑧洪化：宏大的教化。古代歌颂帝王的套语。汉班固《东都赋》："洪化惟神，永观厥成。"

⑨诛削：责罚贬黜。唐柳宗元《祎说》："以其诞漫惝恍，冥冥焉不可执取，而犹诛削若此，况其貌言动作之块然者乎？"

⑩生灵：人民、百姓。唐杜荀鹤《再经胡城县》："今来县宰加朱绂，便是生灵血染成。"安泊：停留歇脚、犹安宁、安定。

⑪则予：犹因此给予。则，连词，犹因此、所以。《易·豫》："圣人以顺动，则刑罚清而民服。"

⑫惊矍：犹惊视。宋苏轼《湖上夜归》："睡眼忽惊矍，繁灯闹河塘。"

⑬厚怍：犹厚颜。怍，羞惭。

再用晴窗气暖墨花春
谢王胜之谏议惠金雀砚

邵 雍

砚名金雀世难伦,

用报惭无天下珍。

国士有时偏雅处①,

晴窗气暖墨花春②。

【注释】

①国士：指国中才能出众之人。《战国策·赵策一》："知伯以国士遇臣，臣故国士报之。"

②晴窗：指明亮的窗户。宋陆游《临安春雨初霁》："矮纸斜行闲作草，晴窗细乳戏分茶。"宋欧阳修《试笔》中云："（学书为乐）苏子美尝言：明窗净几，笔砚纸墨，皆及精良，亦自是人生一乐。"

端研诗赠王欲

陶 弼

端石如池状,

润疑云雨通。

粗官不识字①,

好去伴诗翁。

陶弼(1015—1078),字商翁,永州祁阳(今湖南祁阳)人。仁宗庆中以军功补衡州司户参军。后调桂州阳朔主簿,迁阳朔令。历知宝、容等州。能诗,善政。著有《邕州小集》等。

【注释】

①粗官:谦辞。

铜雀砚

陶 弼

得自铜雀台,收晚棱角摧。
四方绿琉璃①,一片青玫瑰②。
炼尽沙石滓,陶成金玉胚。

原注原缺。以上自《邕州小集》。

【注释】

①琉璃:此指铝和钠的硅酸化合物烧制成的砖瓦等,唐宋以此为砚,常见的色彩有金黄、绿两色。《西京杂记·卷二》:"(昭阳殿)窗扉多是绿琉璃。"

②青玫瑰:此指青色玫瑰的瓦砚。喻其砚之珍贵。明宋应星《天工开物·珠玉》:"至玫瑰一种,如黄豆、绿豆大者,则红、碧、青、黄、数色皆是。宝石有玫瑰,犹珠之有玑也。"

奉答尧夫先生金雀石砚诗①

王益柔

般阳有山名金雀②,山发清辉产奇璞。
望气尝言玉宝藏,贾胡几遣良工度③。
金刚宝钻竞穷搜,百里青苍困镌凿。
琼瑰未获得研材,温润还将六美学④。
有若玉徽琴面莹⑤,有如金弹陶轮著⑥。
规天矩地形制毓⑦,中或辟流外圭角⑧。
晴窗气暖墨花春,笺襞毫奔光照灼⑨。
吾生特好惟四物⑩,累载哀鸠盈几格⑪。
先生闭户日著书,朝餐每不餍藜藿⑫。
高闶粱肉虽有余⑬,孰敢就门阒隐约⑭。
先生固自尝有言,不忍将身作沟壑⑮。
先生崖岸高莫攀⑯,持此谓宜无见却⑰。
一留为惠固已多,敢冀新诗旋踵作⑱。
精深雅健迫风骚,使我忧荒忽惊矍⑲。
还如甘露醒心昏,更似神篦除眼膜⑳。
先生精义已入神,准易时容见涯略㉑。

王益柔(1015—1086),字胜之,河南(今河南洛阳)人,以荫补官,官至龙图阁直学士,秘书监,知蔡、亳州、扬州、江宁、应天府。《宋史》有传。

【注释】

①尧夫先生：即邵雍。参阅前邵雍诗《王胜之谏见惠文房四宝内有巨砚尤佳因以谢之》。

②般阳：即今山东淄博市西南淄川，西汉置县，因在般水之阳得名。

③贾胡：经商的胡人。《后汉书·马援传》："伏波类西域贾胡，到一处辄止，以是失利。"

④六美：指研的六种品性。

⑤玉徽：玉制的琴徽，是琴的美称。《梁书·文学传上·庾肩吾》："故玉徽金铣，反为拙目所嗤；《巴人》《下里》，更合郢中之听。"

⑥金弹：指金制的弹子。陶轮，犹陶钧，此谓制作金弹的转轮。

⑦毓：产生。

⑧辟流：即"辟雍"或"辟池"。辟，通"璧"。本为西周天子所设大学，校址圆形，围以水池，前门外有便桥。汉班固《白虎通·辟雍》："天子立辟雍何，所以行礼乐宣德化。辟者，璧也，象璧圆，又以法天，于雍水侧，象教化流行也。"此指砚上凿凹蓄墨之池。

⑨笺襞：襞笺，指折纸作书。语出《南史·陈纪·后主》："（后主）常使张贵妃、孔贵人等八人夹坐，江总、孔范等十人预宴，号曰'狎客'。先令八妇人襞采笺，制五言诗，十客一时继和，迟则罚酒。"

⑩四物：指文房四宝的纸、墨、笔、砚。

⑪裒鸠：收集，聚集。

⑫餍：吃饱。藜藿：指粗劣的饭菜。《韩非子·五蠹》："粝粢之食，藜藿之羹。"

⑬高闳梁肉：指显贵门第和美味佳肴。宋苏轼《求婚启》："敢凭良妁，往欸高闳"。《管子·小匡》："九妃六嫔，陈妾数千，食必梁肉，衣必文绣。"

⑭赒：周济，救济。隐约：俭约。宋曾巩《学舍记》："予之卑巷穷庐，冗衣砻饭，芑苋之羹，隐约而安者，固予之所以遂其志而待也。"

⑮不忍将身作沟壑：汉刘向《说苑·立节》："子思居卫，缊袍无裹，

二旬九食。田方子闻之，使人遗狐白之裘。恐其不受，因谓之曰：'吾假人遂忘之，吾与人也如弃之'……子思曰：'伋闻之，妄与不如遗弃物于沟壑；伋虽贫也，不忍以身为沟壑，是以不敢当也'"。沟壑，喻贪受弃赠的人。晋张协《杂诗》之十："虽荣田方赠，斩为沟壑名"。

⑯崖岸：喻高傲，不易接近。唐韩愈《唐故朝散大夫……郑君墓志铭》："不为翕翕然，亦不为崖绝斩绝之行。"

⑰见却：却见。

⑱敢冀：敢望、企望。旋踵：掉转脚跟，形容时间短促。

⑲忧荒：犹"忧惶"，忧愁惶恐。

⑳神篦：神奇的制眼病的器械。古时医生用此治眼。宋苏舜钦《奉酬公素学士见招之作》诗云："病膜谁将宝篦刮？痒背恰得神仙抓。"

㉑涯略：犹"概要"。明杨慎《封君乐隐李公墓志铭》："涉猎书史，了其涯略，以承考家政，不终儒业。"

问陈彦升觅古瓦砚①

文 同

魏主用死力，构彼铜雀台②。
当时台上瓦，百澄为一坯。
烧成比坚玉，翠甲横崔嵬③。
西陵既归后④，此地日以摧。
后历典午朝⑤，群雄力相隤⑥。
兹台既已倾，此瓦只自堆。
岁久岸谷变，埋没深蒿莱。
初谁得耕人，刳之研松煤。
其理密且润，端歙真可哈⑦。
彦升所有者，一一皆珍材。
自言欲购时，经岁无一枚。
琴纹与锡花⑧，此乃如琼瑰。
前日秘阁下，重匣手自开⑨。
示我者佳绝，恰用一朴裁。
形模甚古野，用可资怪魁⑩。
归来作诗乞，愿致无迟回。

文同（1018—1079），字与可，号笑笑先生。梓州永泰（今四川盐亭）人，皇祐进士，历太常博士、集贤校理，知陵州、洋州、潮州。尤为司马光、苏轼敬重。工诗文，善篆、隶、行、草、飞白，尤以善书墨竹著称。著有《丹渊集》《画竹图》传世。

【注释】

①陈彦升：生平不详。

②构：构建，建筑。

③翠甲：指绿色的琉璃瓦。

④西陵：指三国魏武帝曹操的陵寝。

⑤典午朝：指司马氏统治的晋朝。明胡应麟《少室山房笔丛·史书占毕四》："当涂为魏，典午为晋，世率知之，而意义出处，或未明了。案……典，司也；午，马也。"

⑥相酾：相斗。《文选·木华·海赋》："泊栢而迤飏，磊匑而相酾。"

⑦端歙：端砚、歙砚。

⑧琴纹与锡花：指古瓦砚上的花纹图案。

⑨重匣：指双层的盒子。

⑩怪魁：怪异、杰出。

谢杨侍读惠端溪紫石砚

文 同

学文二十年,语气殊未成①。
所以文房中,四谱无一精②。
岂不愿收贮,恐窃好事名。
自愧中槁然③,敢假外物荣。
前日下秘阁,谒公来西城。
公常顾遇厚,待以为墨卿④。
延之吐佳论,出口无杂声。
语次座上物,砚有紫石英。
云在岭使得,渠常美其评⑤。
因取手自封,见授嘱所擎。
仓皇捧以拜⑥,其喜怀抱盈。
归来示家人,众目欢且惊。
言并我所有,瓦砾而瑶琼。
贵价市珍煤,风前试寒泓。
磨知密理润,点觉浮光清。
洗濯鉴面莹,弹扣牙音铿。
遂剪十袭巾⑦,加以重箧盛。
客来有欲观,稍欲不敢呈。
愿传之子孙,更重金满籝⑧。
作诗叙嘉贶,惭比毫毛轻。

【注释】

①语气：此谓对做文章的陈述、疑问、祈使、感叹等语法的修辞，也有自身修养的意思。

②四谱：指文房四宝的纸、墨、笔、砚。

③槁然：此指人之憔悴。宋陆游《幽居》诗二："芳樽虽匪金丹术，槁面尊前也蹔红。"

④墨卿：此指文人。

⑤渠：通"讵"，怎么。《史记·张仪列传》："且苏君在，仪宁渠能乎！"司马贞索隐："渠音讵，古字少，假借耳。"

⑥仓皇：匆忙、慌张。亦作"仓黄""仓惶"。

⑦袭巾：此指成套、重复的装饰。

⑧籯：指箱笼等的盛器。

铜雀台瓦砚

刘 敞

当时鸳鸯梦,飞入魏宫来。
崇构灭余香①,碧瓦空在哉。
磨砻变新砚,洗刷涤故苔。
但取圭角全,何比琼与瑰。

刘敞(1019—1068),字原父,世称公是先生。临江新喻(今江西新余)人。仁宗庆历六年(1046)进士。曾奉使契丹,官至集贤殿学士。判南京御史台。博通经史,长于《春秋》学,开宋人批评汉儒先声。著有《春秋权衡》《公是集》等。与梅尧臣、欧阳修等相友善。

【注释】

①崇构:高峻的建构。

次韵酬微之赠池纸并诗①

王安石

微之出守秋浦时②,椎冰看捣万谷皮。
波工龟手咤今样③,渔网肯数荆州池④。
霜纨夺色贾不售⑤,虹玉丧气山无辉⑥。
方船稳载献天子⑦,善价徐取供吾私。
十年零落尚百一,持以赠我随清诗。
君宁久寄金谷地⑧,方执赐笔磨圠螭⑨。
当留此物朝上国,日侍帝侧书新仪。
不然名山副史本⑩,裒拔元凯诛穷奇⑪。
咨予文章非世用⑫,画镂空尔靡冰脂⑬。
挥毫才足记姓字,窃学又耻从师宜⑭。
匆匆点污亦何忍,嘉贶但觉难为辞⑮。
篇终有意责赵璧⑯,穷国恐误连城归⑰。
倾囊倒箧聊一报,安敢坐以秦为雌⑱。

王安石(1021—1086),字介甫,晚号半山,抚州临川(今江西抚州),仁宗庆历二年(1042)进士。嘉祐三年(1058)上万言书,提出变法主张。神宗熙宁二年(1069)任参知政事,行新法。数被罢相,后封荆国公。其文雄健峭拔,诗道劲清新,为"唐宋八大家"之一。著有《王临川集》《临川集拾遗》等。

【注释】

①池纸：古池州所产之纸。《辞海》："池州，州、路、府名。唐武德四年（621）置州，贞观初废。永泰初复置。治所在秋浦（今安徽贵池）。……元升为路，明改为府……唐以后有铜、铁、造纸等业。"案：池州，今属安徽省。

②微之：人名，生平不详。秋浦：县名。《辞源》："隋开皇十九年置。属宣城郡。五代吴顺义六年更名贵池。……故城在今安徽贵池县境。"参阅前注。

③波工：对造纸工人的尊称。波，蜀地方言，对老人的尊称。宋范成大《吴船录·卷上》："蜀中称尊老者为波，祖及外祖皆曰波。……"龟手：指手上的皮肤被冻裂。《庄子·逍遥游》："宋人有善为不龟手之药者"。咤：夸耀，通"诧"。

④荆州：古"九州"之一。《书·禹贡》："荆及衡阳惟荆州。"荆，指荆山（今湖北漳西）。衡阳，今湖南湘潭一带。

⑤霜纨：洁白精致的细绢。南朝梁沈约《谢赐轸调绢等启》："霜纨雪委、雾縠冰鲜。"

⑥虹玉：指彩色的美玉。

⑦方船：并船。泛指大的船。《战国策·楚策一》："秦西有巴蜀，方船积粟，起于汶山。循江而下，至郢三千余里。"

⑧金谷：指钱财和粮食。金谷地，即富庶之地。

⑨坳墄：墄坳，宫殿墄阶前坳处。朝会时为殿下值班史官所站的地方。

⑩名山副史本：语出《史记·太史公自序》："藏之名山，副在京师。"《索隐》注："言正本藏之书府，副本留京师也。"

⑪褒拔：褒奖、提拔。元凯，泛指贤臣、才士。传说高辛氏有才子八人，称为八元；高阳氏有才子八人，称为八凯，史称"八元八凯"。此十六人之后裔，世济其美，不陨其名。宋王安石《推命对》云："尧舜之世，元凯用而四凶殛，是天人之道合也。"穷奇：古代恶人的称号。谓其行恶而好邪僻。《左传·文公十八年》："少皞氏有不才子，毁信废忠，崇饰恶

言,天下之民谓之穷奇。"杜预注:"谓共工。其行穷,其好奇。"

⑫咨予文章:咨文,指用于平行官署或官阶间的公文。

⑬画镂空尔靡冰脂:犹画脂镂冰,指在油脂上作画,在冰上雕刻,一旦消融,都化为乌有。可谓徒劳无功。

⑭窃学:谦辞,指学识浅薄。

⑮嘉贶:厚赐。《文选·三国魏文帝(曹丕)·与钟大理书》:"嘉贶益腆,敢不钦承。"亦作"嘉况"。

⑯赵璧:即"赵氏璧",也称"赵王璧""和氏璧""秦璧"。

⑰连城:指和氏璧。《史记·廉颇蔺相如列传》载,战国时,赵惠王得和氏璧,秦昭王寄书赵王,愿以十五城易璧。后喻珍贵之物。

⑱雌:此指轻视。唐陈子昂《唐故朝议大夫梓州长史杨府君碑铭》:"于时天下雌韩而雄魏,壮武而柔文。"

相州古瓦砚①

王安石

吹尽西陵歌舞尘，当时屋瓦始称珍。
甄陶往往成今手②，尚托声名动世人。

【注释】

①相州：《辞海》："州名。北魏天兴四年（401）分冀州置。治所在邺县（今河北临漳县西南邺城）。"《汉语大词典》：（邺县）东汉末年又先后为冀州、相州治所。……十六国时后赵、前秦、北朝东魏、北齐皆定都于此。有二城：北城曹魏因旧城增筑，周二十余里，北临漳水，城西北隅列峙金虎、铜爵、冰井三台。旧址在今河北省临漳县西南……"相州古瓦砚，即邺都古瓦砚。

②甄陶：指烧制瓦器。

紫花砚①

郑　獬

耕得紫玻璃，凿成天马蹄②。
润应通月窟③，洗合就云溪④。

郑獬（1022—1072），字毅夫，安州安陆（今湖北安陆）人。皇祐五年（1053）进士第一。累迁知制诰，出知荆南。神宗初，拜翰林学士，知开封府，因不肯用新法，为王安石所恶，出知杭州，徙青州。后提举鸿庆宫，其诗爽辣明白。著作有《郧溪集》等。

【注释】

①紫花砚：当指端砚。
②天马：指骏马的美称。天马蹄，指砚之形状。
③月窟：月宫。宋王禹偁《商山海棠》："桂须辞月窟，桃合避仙源。"
④云溪：指云雾缭绕的溪谷。

题蕴忠上人歙砚①

强 至

山僧有砚名龙尾,此石来从歙溪水。
通明直可照发毛,莹滑不容安手指。
案上长疑片月生,匣中自有浮云起。
苍然颜色涵秋波,不学端州夸嫩紫。
溪匠琢为寒瓦形,如从铜雀初飘零②。
只仍故状不复改,独有乱点生繁星③。
高闲上人妙书札④,什袭藏来时一发⑤。
拂开轻雾磨烟煤,挥洒霜毫冰纸滑。
咄嗟此砚何为哉⑥,世上别有润色材。
胡不往焉与徘徊⑦,日濡大笔把诏裁,
无久滞此空尘埃。

强至(1022—1076),字几圣,杭州钱塘(今浙江杭州)人。仁宗庆历六年(1046)进士。官至三司户部判官。为文简古雅至,著有《祠部集》。

【注释】

①蕴忠上人:生平不详。
②铜雀:指铜雀瓦砚。
③独有乱点生繁星:此谓砚上之石眼。
④高闲上人:唐时五书僧之一,乌程(今浙江湖州)人,湖南开元寺

僧，尤善草书。《高僧传》曰："当好以雪川白纻书真、草，为四楷法。"此指蕴忠上人的清高闲适。唐孟郊《忆周秀才素上人时闻各在一方》："浮云自高闲，明月常空净。"

⑤什袭：指将物品重重叠叠地包裹起来。宋张守《跋唐千文帖》："此书无一字刓缺，当与夏璜真璧，什袭珍藏。"

⑥咄嗟：叹息。葛洪《抱朴子·勤求》："令人怛然心热，不觉咄嗟。"

⑦胡不：何不。《诗·唐风·杕杜》："嗟行之人，胡不比焉？"

龙尾砚歌 并引

苏 轼

余旧作《凤咮石砚铭》①，其略云："苏子一见名凤咮，坐令龙尾羞牛后。"已而求砚于歙，歙人云：子自有凤咮，何以此为？盖不能平也。奉议郎方君彦德，有龙尾大砚，奇甚。谓余若能作诗，少解前语者，当奉饷，②乃作此诗：

黄琮白琥天不惜③，顾恐贪夫死怀璧④。
君看龙尾岂石材，玉德金声寓于石。
与天作石来几时，与人作砚初不辞。
诗成鲍谢石何与⑤，笔落钟王砚不知⑥。
锦茵玉匣俱尘垢⑦，捣练支床亦何有⑧！
况嗔苏子凤咮铭，戏语相嘲作牛后。
碧天照水风吹云，明窗大几清无尘。
我生天地一闲物，苏子亦是支离人⑨。
粗言细语都不择，春蚓秋蛇随意画。
愿从苏子老东坡，仁者不用生分别。

苏轼（1037—1101），字子瞻，一字和仲，号东坡居士。眉州眉山（今四川眉山）人。苏洵子。博通经史，与父洵、弟辙合称"三苏"。仁宗嘉祐二年（1057）进士。曾上书力陈王安石新法之弊，后因作诗刺新法被贬黄州。哲宗立，任翰林学士，曾出任杭州、颍州，官至礼部尚书。后贬惠州。历郡州多惠政。辛后追谥文忠。其文纵横恣肆，为"唐宋八大家"之一；其词清新雄健，与黄庭坚并称"苏黄"；其词开豪放一派，与辛弃疾并称"苏辛"。亦工书画，书法为"北宋四家"之一。著有《东坡七集》《东坡易传》《东坡乐府》等。

【注释】

①《凤咮石砚铭》：宋苏东坡作。其序云："北苑龙焙山，如翔凤饮下之状。当其咮，有石苍黑，致如玉。熙宁中，太原王颐以为砚。余名之曰凤咮。"凤咮，凤凰的嘴。又《钦定四库全书》收录宋高似孙《砚笺》："凤咮砚，北苑凤凰山下，石肤润益墨。王颐始为砚，东坡名之凤咮砚。"自注曰："《东坡杂说》：帝规武夷作茶囿，山为孤凤翔且嗅。下集芝田啄琼玖，玉乳金沙发灵宝，残玮断璧泽而黝。治为书砚美无有。至珍惊世初莫售，黑眉黄眼争妍陋。苏子一见名凤咮，坐令龙尾羞牛后。"歙人病此言，后求砚于歙。歙人曰："何不使凤咮石作解嘲？"云："君看龙凤岂石材，玉德金声寓于石。"

②奉饷：馈赠。

③黄琮：黄色的瑞玉，古代祭祀用。《周礼·春官·大宗伯》："以苍璧礼天，以黄琮礼地。"白琥：雕成虎形的古代祭祀用玉器。《周礼·春官·大宗伯》："以玉作六器，以礼天地四方……以白琥礼四方。"

④怀璧：《左传·桓公十年》："周谚有之'匹夫无罪，怀璧其罪'。"喻多财招祸或怀才遭忌。

⑤鲍谢：南朝诗人鲍照和谢朓的并称。

⑥钟王：三国魏书法家钟繇和东晋时书法家、史称"书圣"的王羲之。

⑦锦茵：指锦制的垫褥。

⑧捣练：捣洗煮过的熟绢。支床：《史记·龟策列传》："南方老人用龟支床足，行二十余岁，老人死，移床，龟尚生不死。"此喻珍贵久藏之物。

⑨支离：谓残缺而不中用。《庄子·人间世》："夫支离其形者，独足以养其身，终其天年，又况支离其德者乎！"

欧李默以油烟墨二丸见饷各长寸许戏作小诗①

苏 轼

书窗拾轻煤,佛帐扫余馥。

辛勤破千夜,收此一寸玉。

痴人畏老死,腐朽同草木。

欲将东山松,涅尽南山竹②。

墨坚人苦脆,未用叹不足。

且当注虫鱼③,莫草三千牍。

【注释】

①见饷:馈赠。

②涅:染黑。

③虫鱼:指训诂考据之学或名物及典章制度、书籍等。

答舒教授观余所藏墨①

苏　轼

异时长笑王会稽，野鹜膻腥污刀几。
暮年却得庾安西，自厌家鸡题六纸。
二子风流冠当代，顾与儿童争愠喜。
秦王十八已龙飞，嗜好晚将蛇蚓比。
我生百事不挂眼，时人谬说云工此。
世间有癖念谁无，倾身障篢尤堪鄙。
人生当著几两屐，定心肯为微物起。
此墨足支三十年，但恐风霜侵发齿。
非人磨墨墨磨人，瓶应未罄缶先耻②。
迨将振衣归故国，数亩荒园自锄理。
作书寄君君莫笑，但觅来禽与青李③。
一螺点漆便有余，万灶烧松何处使。
君不见，永宁第中捣龙麝④，列屋闲居清且美。
倒晕连眉秀岭浮，双鸦画鬓香云委。
时闻五斛赐蛾绿⑤，不惜千金求獭髓⑥。
闻君此诗当大笑，寒窗冷砚冰生水。

【注释】

①此诗辑自《渊鉴类函·卷二百五·文学部·墨》。舒教授：生平不详。
②瓶应未罄缶先耻：语本《诗·小雅·蓼莪》"瓶之罄矣，维罍之耻"。

缶、瓶皆为盛水器，缶大而瓶小。喻不能分多予寡，为在位者之耻。此谓未能尽职而心怀愧疚。

③来禽与青李：此为两种甘泉。晋王羲之有《来禽帖》："青李、来禽、樱桃、日给藤子皆囊盛为佳，函封多不生。"苏轼《次韵米芾二王书跋尾》云："三馆曝书蠹毁，得见《来禽与青李》。"

④永宁：晋惠帝司马衷年号，公元301年。

⑤蛾绿：语本唐颜师古《隋遗录》"（殿脚女）吴降仙善画长蛾眉，司官吏日给螺子黛五斛，号为蛾绿"。

⑥獭髓：獭的骨髓。相传与玉屑、琥珀和合，可作灭疤痕的贵重药物。

赠潘谷①

苏　轼

潘郎晓踏河阳春，明珠白璧惊市人。
那知望拜马蹄下，胸中一斛泥与尘。
何似墨潘穿破褐，琅琅翠饼敲玄笏。
布衫漆黑手如龟，未害冰壶贮秋月。
世人重耳轻目前，区区张李争媸妍。
一朝入海寻李白，空看人间画墨仙。

【注释】

①此诗辑自《渊鉴类函·卷二百五·文学部·墨》。潘谷：见前注。

孙莘老寄墨诗[①]

苏 轼

徂徕无老松[②], 易水无良工。

珍材取乐浪[③], 妙手惟潘翁。

鱼胞熟万杵[④], 犀角蟠双龙。

墨成不敢用, 进入蓬莱宫。

蓬莱春昼永, 玉殿明房栊。

金笺洒飞白, 瑞雾萦长虹。

遥怜醉常侍[⑤], 一笑开天容[⑥]。

【注释】

①此诗辑自《渊鉴类函·卷二百五·文学部·墨》。孙莘老：孙觉（1028—1090），字莘老，江苏高邮人，皇祐进士。官至御史中丞。与苏轼等相友善。著有《春秋经解》《孙莘老先生奏议事略》等。

②徂徕：徂徕山，在今山东泰安市东南。

③乐浪：古郡名。汉武帝元封三年置。故址在今鸭绿江沿岸地区。

④鱼胞：鱼的鳔。

⑤常侍：官名。随侍皇帝，掌管文书、诏令等。也称散骑常侍。

⑥天容：指天子的脸色。

孙莘老寄墨诗[①]又一

苏　轼

豀石琢马肝，剡藤开玉版。

嘘嘘云雾出，奕奕龙蛇馆。

此中有何好，秀色纷满眼。

故人归天禄[②]，古漆窥蠹简。

喻糜给尚方[③]，老手擅编划[④]。

分余幸见及，流落一叹赧[⑤]。

【注释】

①此诗辑自《渊鉴类函·卷二百五·文学部·墨》。

②天禄：此谓汉殿阁名。《三辅黄图·六》："天禄阁藏典籍之所，《汉宫殿疏》云：'天禄麒麟阁，萧何造，以藏秘书，处贤才也。'"汉时刘向、扬雄曾先后在此校书。

③尚方：古代官名。主要掌管供应制造皇帝所用之物。

④编划：编辑删削。

⑤叹赧：叹息惭愧。

孙莘老寄墨诗又一①

苏 轼

我贫如饥鼠,长夜空咬啮。

瓦池研灶煤,苇管书柿叶。

近者磨夫子,远致乌玉玦。

先生又继之,圭璧烂箱箧。

晴窗洗砚坐,蛇蚓稍蟠结。

便有好事人,敲门求醉帖。

【注释】

①此此诗辑自《渊鉴类函·卷二百五·文学部·墨》。

次韵王炳之惠玉版纸①伯虎

黄庭坚

王侯须若缘坡竹,哦诗清风起空谷。

古田小笺惠我百②,信知溪翁能解玉③。

鸣砧千杵动秋山④,裹粮万里来辇毂⑤。

儒林丈人有苏公⑥,相如子云再生蜀⑦。

往时翰墨颇横流⑧,此公归来有边幅。

小楷多传《乐毅论》⑨,高词欲奏云门曲⑩。

不持去扫苏公门,乃令小人今拜辱。

去骚甚远文气卑,画虎不成书势俗⑪。

董狐南史一笔无⑫,误掌杀青司记录⑬。

虽然此中有公议,或辱五鼎荣半菽⑭。

愿公进德使见书,不敢求公米千斛。

黄庭坚(1045—1106),字鲁直,自号山谷道人,晚号涪翁。洪州分宁(今属江西修水)人。英宗治平进士,曾知泰和县。哲宗时,以校书郎为《神宗宝录》检讨官,著作佐郎,后以修史"多诬"遭贬。与张耒、晁补之,秦观并称"苏门四学士",与苏轼齐名,世称"苏黄"。诗宗杜甫,为江西诗派始祖。又能词,并善行、草书,为"北宋四家"之一。著作有《山谷集》等。

【注释】

①玉版纸：一种光洁坚致的纸。参见前注。

②古田小笺：古田纸，指宋时古田制的玉版纸。

③溪翁：指居于溪边寄情山水之翁，此黄庭坚自谓。解玉，此当用纸讲。

④鸣砧：指做纸时，捶捣原材料。砧，捶捣原材料的石头。

⑤裹粮：指携带熟食干粮，以备出征或远行。亦称"裹餱粮"。《诗·大雅·公刘》：乃裹餱粮，于橐于囊。辇毂：皇帝的车舆，此指京城。

⑥苏公：指苏轼。

⑦相如子云：指司马相如、扬雄。

⑧横流：此谓笔墨放纵恣肆。

⑨《乐毅论》：三国魏夏侯玄文，东晋王羲之以小楷书成，被后世评为王羲之正书第一。唐褚遂良称其"笔势精妙，备尽楷则"。真迹已佚，后世摹本甚多。

⑩云门曲：周六乐舞之一，相传为黄帝时所作，用于祭祀天神。《周礼·春官·大司乐》："以乐舞教国子。舞《云门》《大卷》《大咸》……"

⑪画虎不成书势俗：语见"画虎不成反类狗"。北齐颜子推《颜氏家训·杂艺》：萧子云改易字体，邵陵王颇行伪字；朝野翕然，以为楷式，画虎不成，多所伤败。

⑫董狐南史：指春秋时晋国史官董狐、齐国史官南史，二人皆直笔记事，无所忌讳。后世以此笔法记史者，称为"董狐笔"。

⑬杀青：指缮成定本或校刻付印。

⑭五鼎：古代祭祀礼仪，大夫用五鼎盛羊、豕、肤、鱼、腊。

长句谢陈适用惠送吴南雄所赠纸

黄庭坚

庐陵政事无全牛①，恐是汉时陈太丘②。
书记姓名不肯学，得纸无异夏得裘。
琢诗包纸送赠我，自状明月非暗投。
诗句纵横剪宫锦，惜无阿买书银钩③。
蛮溪切藤卷盈百，侧理羞滑茧羞白。
想当鸣杵砧面平，桄榔叶风溪水碧。
千里鹅毛意不轻④，瘴衣腥腻北归客。
君侯谦虚不自供，胡不赠世文章伯。
一泞之水容牛蹄，识字有数我自知。
小时双钩学楷法，至令儿子憎家鸡⑤。
虽然嘉惠敢虚辱，煮泥续尾成大轴。
写心与君心莫传，平生落魄不问天。
樽前花底幸好戏，为君绝笔谢风烟。
已无商颂猗那手⑥，请续南华内外篇⑦。

【注释】

①无全牛：事见《庄子·养生主》，喻技艺精纯的境界。

②陈太丘：陈寔（104—187），字仲躬，颍川许县（今河南许昌）人。东汉时名士。以清高有德行，闻名于世。与钟皓、荀淑、韩韶合称"颍川四长"。

③银钩：银制帘钩。此谓书法用笔。《晋书·索靖传》："盖草书之为状也，婉若银钩，飘若惊鸾。"

④千里鹅毛：即"千里送鹅毛、礼轻情意重"。

⑤家鸡：即"家鸡野鹜"。晋人庾翼以家鸡比喻自己的书法，以野鹜喻王羲之的书法。此谓书法的不同风格。也指人们喜欢追求时新奇怪的东西，厌倦平常之事物。

⑥猗那：柔美，盛美。《诗·商颂·那》："猗与那与，置我鞉鼓。"

⑦南华内外篇：即《庄子》。唐玄宗于天宝元年诏封庄子为"南华真人"，尊其书为《南华真经》。

谢景文惠浩然所作廷珪墨①

黄庭坚

廷珪赝墨出苏家，麝煤漆泽纹乌靴②。

柳枝瘦龙印香字③，十袭一日三摩挲④。

刘侯爱我如桃李，挥赠要我书万纸。

不意神禹治水圭⑤，忽然入我怀袖里。

吾不能手抄五车书⑥，亦不能写论付官奴⑦。

便当闭门学水墨，洒作江南骤雨图。

【注释】

①浩然：苏澥字，梓州铜山（今四川三台西南）人。舜元子，以荫为太庙斋郎。官至秘阁校理。《中华书法篆刻大辞典》："度支郎中苏舜元之子，官至秘阁校理。尝以造墨为乐，所制之墨，有'松纹皮而坚致如玉石'之特色。其墨在当时十分难得，有得寸许者，则视为'断金碎玉'，争相夸玩。"《墨史》有载录。廷珪赝墨：南唐墨工李廷珪制之墨。李廷珪，易州（今河北省易县）人。《中华书法篆刻大辞典》："（李廷珪）本姓奚，著名墨工奚超之子。唐末随父迁来歙州（今安徽歙县）。与父超共同改进了造墨的捣松、和胶等技术，制出佳墨，具有'丰肌腻理，光泽如漆'的特点。得南唐后主李煜之赏识，命为墨务官，并赐以国姓李，以示奖励。至此李氏墨名满天下。……至宋宣和时，更有'黄金易得，李墨难求'之谚。"赝墨：即仿真廷珪墨。

②乌靴：古代官员所穿的黑色靴子。

③柳枝瘦龙印香字：元陆友《墨史》载："国初平江南时，廷珪墨连载数艘，输入内库。太宗赐近臣《秘阁帖》皆用此墨。其后建玉清昭应

官,至用以供漆饰。而太史所记与蔡邕二说互有同异,故并载之。廷珪子承浩蚤世,故墨不多有,其后遂绝。友平生凡五见廷珪墨。其一见之于京师杨好谦家。面作'柳枝瘦龙',上印一小'香'字,幕曰:徽州李廷珪墨。黄罗囊袭之表以牙签,曰:仁宗皇帝宝字墨。"

④十袭:什袭。

⑤神禹:大禹。

⑥五车书:语出《庄子·天下》:"惠施多方,其书五车。"形容读书多,学问深。

⑦写论付官奴:东晋王羲之为其子王献之书小楷《乐毅论》事。王羲之书《乐毅论》末有"永和四年(348)十二月二十四日书付官奴"一行。官奴,是大令王献之的小字。

谢送宣城笔

黄庭坚

宣城变样蹲鸡距,诸葛名家捋鼠须。

一束喜从公处得,千金求买市中无。

漫投墨客摹科斗①,胜与朱门饱蠹鱼②。

愧我初非草玄手③,不将闲写吏文书。

【注释】

①科斗:此泛指书法。

②蠹鱼:指死啃书本的读书人。

③草玄手:指汉扬雄作《太玄》,此谓淡于势利,潜心著述。唐刘禹锡《唐秀才赠端州紫石砚以诗荅之》:"端州石砚人间重,赠我因知正草玄。"

和答钱穆父咏猩猩毛笔①

黄庭坚

爱酒醉魂在,能言机事疏。

平生几两屐②,身后五车书③。

物色看王会④,勋劳在石渠⑤。

拔毛能济世,端为谢杨朱⑥。

【注释】

①此诗辑自《渊鉴类函·卷二百四·文学部·笔》。猩猩毛笔:指用猩猩毛制成的毛笔。

②屐:木制的鞋,底有二齿,以行泥地。

③五车书:语本《庄子·天下》:"惠施多方,其书五车。"

④物色:景色。王会:古时诸侯、四夷或藩属朝贡天子的聚会。

⑤石渠:石渠阁,汉宫中藏书之处,为萧何造。

⑥杨朱:生卒年不详,战国时魏国人,是战国时思想家、哲学家。杨朱学派的创始人。主张贵生、重己、友儒墨。他的思想见解散见于《庄子》《孟子》《韩非子》《吕氏春秋》等书中。

谢人惠砚

程 俱

帝鸿墨海世不见①,近爱端溪青紫砚。

溪流见底寒且清,光凝浅绀渊之精②。

斧柯千古遗仙局③,云暗半山含紫玉。

割云镂玉巧如神,龙尾铜台可奴仆④。

君来自南数千里,不载珠玑似薏苡⑤。

芊芊溪草裹石砚⑥,文字之祥直送喜。

明窗大几墨花春⑦,炉山吐兰千穗云⑧。

虚中含默静相对,那复草玄惊世人!

刘禹锡有"端溪石砚人间重,赠我应知正草玄"之句。

程俱(1078—1144),字俱道,衢州开化(今浙江开元)人。以荫补官。累秘书少监、徽猷阁待制。为文典雅闳奥,萧散古淡。著有《北山小集钞》。

【注释】

①帝鸿:黄帝名号。

②绀:深青透红色。

③斧柯:斧柯山,在广东省肇庆市,产端砚石著名,参阅前注。

④龙尾铜台:指龙尾砚、铜雀瓦砚。

⑤薏苡:即薏米、苡仁、六谷子等。为禾本科植物。营养价值很高。《后汉书·马援传》:"初,援在交趾,常饵薏苡实,用能轻身省欲,以胜瘴

气。南方薏苡实大,援欲以为种,军迁,载之一车。时人以为南土珍怪,权贵皆望之。援时方有宠,故莫以闻。及卒后,有上书谮之者,以为前所载迁,皆明珠文犀。"

⑥芊芊:指碧绿色。

⑦明窗大几墨花春:宋邵雍《再用明窗气暖墨花春谢王胜之谏议惠金雀砚》诗有"明窗气暖墨花春"句。

⑧炉山:此指博山炉,又名博山香炉等。是中国汉、晋时常用的焚香用器具。材质为青铜或陶瓷。器形为镂空山形,象征海上仙山。当炉内燃香时,烟气从镂空山形中散出,如仙气缭绕,置身香云之中。

咏退笔诗①

林 逋

神功虽缺力终存,架琢珊瑚欠策勋。
日暮闲窗何所似,灞陵憔悴故将军②。

林逋(968—1028),字君复,卒谥和靖先生。钱塘(浙江杭州)人。少孤,刻志苦学。性恬淡好古,高洁迈俗。终身不仕,不娶,隐居西湖孤山,种梅养鹤,称"梅妻鹤子"。善诗词,以写梅为传神之笔,工书画,风格超逸,与钱易、范仲淹、梅尧臣等有诗相唱和。著有《林和靖诗集》。

【注释】

①此诗辑自《渊鉴类函·卷二百四·文学部·笔》。
②灞陵:本作"霸陵"。故址在今陕西省西安市东。汉文帝刘恒葬于此。北周庾信《哀江南赋》:"岂知霸陵夜猎,犹是故时将军。"

维心方刊正三国史某以精笔遗之蒙饷大篇为谢气格浑然三复感叹漫依元韵奉和芜陋增愧①

沈与求

诸豪雄夸剑芒铦，毛锥敛避收余尖。
楮间黯黮渴铜雀②，案上爬沙枯玉蟾③。
学堂山人有遗裔，笔力大可千人兼。
掉头不肯书柿叶，酒酣起舞怒奋髯。
十年归坐溪口屋，傲视冠冕犹髡钳。
草玄草圣聊戏耳，如医识药信手拈。
迩来直笔到三国，去取法度何森严。
眼中青白世矜异，皮里阳秋谁顾瞻。
更怜中书今且老，鸡毛苇管争出奁。
悬知入手便狞劣，那复助子穷幽潜。
我持妙颖急送似，标题珍重存华签。
势如执法贵心正，俗病要以此语砭。
挥扫定见龙蛇走，绅绎何惮岁月淹。
须知笔意似人意，柔顺未必非凶憸。

沈与求（1086—1137），字必先，湖州德清（今属浙江）人。宋徽宗政和五年（1115）进士。累官明州通判、御史中丞、吏部尚书兼翰林学士等。著有《龟溪集》。

【注释】

①此诗辑自《渊鉴类函·卷二百四·文学部·笔》。
②黯黮：指字迹藏而不露或若隐若现。铜雀：泛指砚。
③玉蟾：泛指水滴。

酬钱柬之教授惠泽州吕道人砚为赋长句①

陈与义

君不见,铜雀台边多事土,走上觚棱荫歌舞。

余香分尽垢不除,却寄书林污缣楮。

岂如此瓦凝青膏,冷面不识奸雄曹。

吕公已去泫余泣,通谱未许弘农陶。

暮年得君真耐久,摩挲玉质云生手。

未知南越石虚中②,亦有文章似君否。

西家扑满本弟昆③,趣尚清浊何年分。

一朝堕地真瓦砾,莫望韩公无瘗文④。

陈与义(1090—1138),字去非,河南洛阳人。政和中登上舍甲科,授开德府教授,后宫中书舍人,拜参知政事。长于诗词,著有《简斋集》《无住词》等。

【注释】

①此诗辑自《渊鉴类函·卷二百四·文学部·砚》。钱柬之:生平不详。泽州:春秋时晋地,故址在今山西晋城。吕道人:生平不详。

②石虚中:砚的拟人别称。也称"即墨侯"。宋苏易简《文房四谱·砚谱》载有《文嵩即墨侯石虚中传》文。

③弟昆:兄弟,喻亲密友爱。

④韩公:韩愈。韩愈著有《瘗砚铭》一文。宋苏易简《文房四谱·砚谱》中收录。

谢寇十一惠端砚[①]

陈师道

百工营材先利器,市道居货如作赘。
书生活计亦酸寒,断砖半瓦宁求备。
端溪四山下龙渊,郁积中州清淑气[②]。
金声玉骨石为容,河江屈流云作使。
滑如女肤色马肝,夜半神光际天地。
诸天散花百神喜,知有圣人当出世。
没人投深索千丈,探颔适遭龙伯睡[③]。
辘轳挽出万人贺[④],千岁之藏一朝致。
琢为时样供翰墨,十袭包藏百金贵。
北行万里更众目,寇卿好事不计费。
南邻居士卿之孙,丰悴相从不为异。
似怜陶瓦磨灶煤,辍赠不减前人志。
人言寒士莫作事,鬼夺客偷天破碎。
龟玉韫椟与无同,锦衾还客弃佳惠。
众所欲得当有缘,天独于余可无意。
敢书细字注鱼虫,要传华严八千偈。

陈师道(1053—1110),字履常,一字无己,号后山居士,彭城(今江苏徐州)人,官至太学博士。元祐初,受苏轼等为徐州教授。诗宗杜甫,受黄庭坚重爱。有"闭门觅句陈无己"之称。为江西诗派代表作家之一。著有《后山集》等。

【注释】

①此诗辑自《渊鉴类函·卷二百四·文学部·砚》。寇十一：生平不详。

②中州：泛指中国。清淑气：指天地间神灵之气。

③没人投深索千丈，探颔适遭龙伯睡：此句指'探骊得珠'事。事见《庄子·列御寇》：庄子曰："河上有家贫恃纬萧而食者，其子没于渊，得千金之珠。其父谓其子曰：'取石来锻之！夫千金之珠，必在九重之渊而骊龙颔下。子能得珠者，必遭其睡也。使骊龙而寤，子尚奚微之有哉！'……"探颔，也作"探龙颔""探珠""探骊珠"等。

④辘轳：也作"辘轳"。此指采石的起重装置。

古墨行①

陈师道

秦郎百好俱第一,乌丸如漆姿如石。
巧作松身与镜面,借美于外非良质。
潘翁拜跪摩老眼②,一生再见三叹息。
了知至鉴无遁形,王家旧物秦家得。
君今所有亦其亚,伯仲小低犹子侄。
黄金白璧孰不有,古锦句囊聊可敌。
睿思殿里春夜半,灯火阑残歌舞散。
自书细字答边臣,万里风尘入长算。
初闻桥山送弓剑,宁知玉碗人间见。
夜光炎炎冲斗牛,会有太史占星变。
人生尤物不必有,时一过目惊老丑。
念子何忍遽磨研,少待须臾图不朽。
明窗净几风日暖,有愁万斛才八斗。
径须脱帽管城公,小试玉堂挥翰手。

【注释】

①此诗辑自《渊鉴类函·卷二百四·文学部·墨》。

②潘翁:指潘谷、宋代墨工。其善辨别墨品之优劣。宋何薳《墨记·潘谷墨仙揣囊知墨》:"山谷(黄庭坚)道人云:潘生一日过余,取所藏墨示之,谷隔锦囊揣之曰:此李承宴软剂,今不易得。又揣一曰:此谷二十年造者,今精力不及,无此墨也,取视果然。"元陆友《墨史》称:"潘谷,

伊、洛间墨师也。墨既精好而价不二。士或不持钱留券取墨,亦辄与之。苏子瞻闻之曰:非市道人也。尝与诗云:'一朝入海寻李白,空看人间画墨仙。'"

获砚诗[①]

刘克庄

二砚温如玉琢成,信知天地有精英。

马肝紫润尤宜沐,鸲眼青圆宛似生。

未爱潘郎呼作友[②],便教米老拜为兄。

今年几案多奇获,应是穷儒命渐亨。

刘克庄(1187—1269),字潜夫,号后村,莆田(今属福建)人,以荫补官,赐进士出身,官至龙图阁直学士。善诗词,风格豪放。著有《后村大全集》《后村别调》等。

【注释】

①此诗辑自《渊鉴类函·卷二百四·文学部·砚》。

②潘郎:指宋代墨工潘谷。

奉和原甫赋澄心堂纸①

韩　维

江南国土未破前，澄心名纸世已传。
高堂久倾不复见，谁谓此物犹依然。
当时万杵捣云叶，铺出几案滑且坚。
剡溪藤骨不足数，蜀江玉屑谁复怜②。
君臣嬉燕盛文采，骈章丽曲斗巧儇。
一朝零落随散地，中原箧笥生光鲜。
君安得此尚百幅，题以大句先群贤。
群贤落笔富精丽，琼琚宝玦相钩联。
嗟予材力岂当敌，虽欲强赋何能妍。
耽独玩物古所戒，崇尚浮藻政岂先。
江南可哀纸可惜，后有观者存吾篇。

　　韩维（1017—1098），字持国。开封雍丘（今河南杞县）人。以荫入宫。历知汝州、开封府等。累官翰林学士承旨、门下侍郎等。著有《南阳集》。

【注释】
　　①此诗辑自《渊鉴类函·卷二百四·文学部·纸》。
　　②蜀江玉屑：泛指蜀笺。

酬志新馈巴源纸[1]

孙　觌

巴江新捣万谷皮，褚生粉面肤凝脂。
故人千里持寄我，落笔宛宛天投霓[2]。
绨囊丹果十袭包，爆栗飞烬石火敲。
红盐著树落青子，香雾噀手披黄苞。
苍鹅无罪见菹醢，苦酒濯之光五采。
虾跧久已成枯腊，咫尺波涛渺江海。
客舍争席纷满前，馈羹不复五浆先。
殷勤重饷有吾子，两夫担荷赪其肩。

孙觌（1081—1169），字仲益，晋陵（今江苏镇江）人。宋徽宗大观三年（1109）进士，历官翰林学士，户、尚二部尚书等。著有《鸿庆居士集》等。

【注释】

①此诗辑自《渊鉴类函·卷二百四·文学部·纸》。志新：生平不详。巴源纸：即巴蜀笺的一种。

②宛宛：指书法的回旋屈曲状。《史记·司马相如传·封禅文》："宛宛黄龙，兴德而升。"

硾越竹短截作轴,日学书作诗①

米 芾

越筠万杵如金板②,安用杭油与池茧。
高压巴郡乌丝栏③,平欺泽国清华练。
老无他物适心目,天使残年向笔砚。
图书满室翰墨香,刘薛何时眼中见。

米芾(1051—1107),一名黻,字元章,号鹿门居士、襄阳漫士、海岳外史,人称"米南宫"。因冠服作唐人,所好多违世异俗,故人又称之"米颠"。祖籍太原(今山西太原)人,后迁往襄阳(今湖北襄阳),定居润州(今江苏镇江)。能诗文、善书画,精鉴别。行草得王献之笔心,用笔峻迈,为北宋"四家"之一。画师董源,重神不求工,创水墨"米氏云山"画法。著有《画史》《书史》等。

【注释】

①此诗辑自《渊鉴类函·卷二百五·文学部·纸》。

②金板:也作"金版"。指天子祭告上帝镂刻告词的金版,用以记大事,使其不灭。《周礼·秋官·职金》:"旅于上帝,则共其金板。"

③乌丝栏:亦作"乌丝阑"。指上下以乌丝织成栏,其间用朱墨界行的绢素。后亦指有墨线格子的笺纸。唐李肇《唐国史补·卷下》:"宋亳间,有织成界道绢素,谓之乌丝栏、朱丝栏。"

复以承晏墨赠之①

晁冲之

我闻江南墨官有诸奚,老超尚不如廷珪。
后来承晏复秀出,喧然父子名相齐。
百年相传文断碎,仿佛尚见蛟龙背。
电光属天星斗昏,雨痕倒海风云晦。
却忆当年清暑殿,黄门侍立才人见②。
银钩洒落金花笺,牙床磨试红丝研。
同时书画三万轴,大徐小篆徐熙竹。
御题四绝海内传,秘府毫芒惜如玉。
君不见,建隆天子开国初③,曹公受诏行扫除④。
王侯旧物人今得,更写西天贝叶书⑤。

晁冲之(生卒年不详),宋济州巨野人,字叔用,一字用道。晁补之从弟。少有才华,受知于陈师道、吕本中。为《江西诗社宗派图》二十五人之一。哲宗绍圣初入元祐党籍,隐居具茨山下,屡拒荐举。有《具茨集》。

【注释】

①此诗辑自《渊鉴类函·卷二百五·文学部·墨》。承晏墨:即李承晏所制之墨。李承晏:元陆友《墨史》载曰:"廷宽、承晏,文用皆其家法。子承晏,承晏子文用。"承晏:李廷宽之子。李廷宽,李廷珪之弟。《墨史》:"廷宽超之次子。"蔡君谟云:"李超并男廷宽墨今少见。廷珪为第

一,廷宽承晏次之。"

②黄门:此指太监。才人:此指宫女。

③建隆天子:指宋太祖赵匡胤。建隆:宋太祖年号(960—962)。

④曹公受诏行扫除:指北宋将曹彬(字国华)率兵攻南唐,克金陵,降李后主事。

⑤西天贝叶书:指印度佛教经典。

谢钱珣仲惠高丽墨①

韩 驹

王卿赠我三韩纸②,白若截肪光照几③。
钱侯继赠朝鲜墨,黑如点漆光浮水。
旧传绩溪多老松,奚超既死松亦空。
易水良工近名世,珍材始不归潘翁④。
萧然南堂一居士,赤管隃糜无月赐。
借问元圭何自来⑤,去年海中持节使⑥。
明窗宴坐不匆匆,引纸磨墨寒生风。
自笑平生馆蛇蚓,更渐尔雅注鱼虫。
殷勤二物从来远,裨海环瀛眼中见⑦。
若欲挥写藏名山,不如却作谈天衍⑧。

韩驹(1080—1135),字子苍,号牟阳,世称陵阳先生。陵阳仙井(四川仁寿)人。官至秘书少监,兼权直学士院,后知江州、抚州。诗学苏、黄,属"江西诗派"。著有《陵阳先生集》。

【注释】

①此诗辑自《渊鉴类函·卷二百五·文学部·墨》。钱珣仲:生平不详。高丽墨:即今朝鲜、韩国地域所制之墨。元陆友《墨史》:"高丽贡墨,猛州为上,顺州次之。旧作大挺,不善合胶,脆软不光。后稍得胶法,作小挺差胜。然其烟极细。"

②三韩:即今朝鲜、韩国。汉时,朝鲜南部分为马韩(西)、辰韩

(东)、弁辰(南)三国,也称三韩。三韩纸,即高丽纸。

③截肪:切开的脂肪。此喻纸质白润。三国魏曹丕《与钟大理书》:"窃见玉书称美玉,如截肪,黑譬纯漆,赤拟鸡冠,黄侔蒸栗。"

④潘翁:指潘谷。

⑤元圭:此指高丽墨。

⑥海中持节使:官衔。

⑦裨海环瀛:古指九州内外的海洋。语本《史记·孟子荀卿列传》:"中国外,如赤县神州者九,乃所谓九州也,于是有裨海环之。"

⑧谈天衍:指战国齐阴阳家邹衍,其语宏大迂怪,故称。《史记·孟子荀卿列传》:故齐人颂曰:"谈天衍,雕龙奭,炙毂过髡。"指以天人感应来解释自然与人事的关系。

谢胡子远郎中惠蒲大韶墨,报以龙涎心字香①

杨万里

墨家者流老蒲仙,碧梧采花和麝烟。
华阳黑水煎胶漆②,太阴玄霜作肌骨③。
龙尾磨肌饮鼠须,落点髹几几不如④。
夷甫清瞳光敌日⑤,一见墨卿惊自失。
后来夔川有梁杲,尔来黔川有吴老。
亦追时好得时名,竟为蒲生竖降旌。
吴滋往往玄尚白,梁墨湿湿黐黏壁。
南宫先生来自西,惠然赠我四玄圭。
我无鹊返鸾回字,我无金章玉句子。
得君此赠端何似,兀者得靴僧得髢。
安得玉案双鸣珰,金刀绣段底物偿。
送似龙涎心字香,为君兴云绕明窗。

杨万里(1127—1206),字廷秀,吉州吉水(今属江西)人。绍兴进士。历任左司郎中、秘书少监、江东转运副使等。工诗善书,与尤袤、范成大、陆游为"南宋中兴四大诗人"。著有《诚斋集》。

【注释】

①此诗辑自《渊鉴类函·卷二百五·文学部·墨》。胡子远:生平不详。蒲大韶:宋代墨工,字舜美。蜀阆中(今四川阆中)人。擅长制作油烟

墨，为诗人所喜用。其所制墨原题为"锦屏蒲舜美"。宋高宗赵构不许，故改名为"大韶"。

②华阳：传说中神仙所居之地。

③太阴：此指月。《说文》："月，阙也，太阴之精。"

④髹几：黑漆的木几。

⑤夷甫：西晋王衍（256—311），琅琊临沂（今山东临沂）人，好老庄玄言，清淡虚无。清瞳：明亮的眼神。《晋书·列传第十三》："……衍初无言，引王导共载而去。然心不能平。在车中揽镜自照谓导曰：'尔看吾目光，乃在牛背上矣。'"

谢王恭父赠梁杲墨[1]

杨万里

君不见,蜀人文字天下工,前有相如后扬雄。

君不见,蜀人乌丸天下妙,前有蒲韶后梁杲。

初得梁墨黏摹糊,老夫道渠不及蒲。

蓬山藏室王校书,笑我未识真玄菟。

两圭水苍笏,双团点漆壁。

一并赠老夫,此意已金石。

洮州绿玉试松花[2],星潭黑云走风沙[3]。

龙蛇起陆鹰入骨,却愁雷电夺神物。

【注释】

①此诗辑自《渊鉴类函·卷二百五·文学部·墨》。王恭父:生平不详。梁杲:宋代墨工,生平不详。

②洮州绿玉:指洮砚。洮砚以绿为主,故称。

③星潭黑云:指歙砚。歙砚以天青、黑色为多,故称。

砚

陈俊民

端溪温润石,价重百车渠①。
一滴元潭水,蝇头万卷书②。

陈俊民,生平不详。

【注释】

①车渠:一种玉石。《旧唐书·西戎传·波斯》:"出骡及大驴……琥珀、车渠、玛瑙。"唐杜甫《谒文公上方》诗:"金篦刮眼膜,价重百车渠。"

②蝇头:蝇头小楷,泛指著书。

觅风字歙砚诗赠侍其府尹①

王恽

砚本发墨具，不尔安用他。
碧紫晕鸲眼，黝黑深宫鸦。
彼端类高人，风姿固云佳。
远韵不少吝，清谈浩无涯。
但于当机时②，未免思棼拏③。
若或砥砺用④，茫然手空叉。
硬则墨为褪，软则磨泥沙。
惟歙士之杰，体性何交加。
罗纹与刷丝⑤，一寸皆可嘉。
回视端溪公，有名实则差。
新安山水窟⑥，泽大生龙蛇。
举世被其利，何有蛭与蛙。
山高溪水清，其芒例如碫。
当闻右军砚，风字琢手奢⑦。
是名为水箕⑧，朵颐骇唶呀⑨。
松煤烬无余⑩，惟恐中书丫⑪。
池宽水弥漫，挹彼如尊洼。
陂陀浸半海⑫，挥洒生云霞。
平生未尝有，梦寐江之涯。

君今去为邦，过此空咨嗟。

包公尹端州，归不一砚拏[13]。

黇肝类安邑[14]，一笑春生华。

书生乞索态，殆是心贪邪。

祢衡溺所爱，竟糁渔阳挝[15]。

今冬与来春，会有泛斗槎。

雄雯或雌缦[16]，分送张华家[17]。

王恽(1228—1304)。字仲谋，号秋涧。卫州路汲县(今河南卫辉市)人。一生仕宦，刚直不阿，清贫守职，好学善文。是元世祖忽必烈、裕宗皇太子真金和成宗皇帝铁穆耳三代谏臣。著有《秋涧先生大全文集》。

【注释】

①风字歙砚："风字"是砚式的一种。
②当机：遇到机会、时机。
③梦拏：迷乱、争执。
④砥砺：磨石。《山海经·西山经》："西南三百六十里，曰崦嵫之山……苕水出焉，而西流注于海，其中多砥砺。"郭璞注："磨石也，精为砥，粗为砺。"
⑤罗纹与刷丝：歙砚名品之二，参阅前注。
⑥新安：古郡县名。此指安徽新安江流域。
⑦当闻右军砚，风字琢手奢：《端溪砚谱》："右军风字砚，会稽有老叟云：右军之后持一风字砚，大尺余，色正赤，用之不减。〈端石〉云：右军所用者，石扬休以钱二万得之。"
⑧水箕：箕形的水砚。此指风字砚。
⑨朵颐：指突鼓的肋颊。此指风字砚形。哈呀，张大口，也指风字砚

形。

⑩松煤：指墨。

⑪中书丫：此谓毛笔在运笔中，笔毫产生分叉、乱锋的现象。中书：中书管，毛笔。

⑫陂陀：倾斜不平貌。此指砚形。

⑬包公尹端州，归不一砚拏：包公指北宋包拯。事见《二十五史·宋史·三百一十六卷·包拯传》："（包拯）徙知端州，迁殿中丞。端土产砚。前守缘贡率取数十倍以遗权贵，拯命制者才足贡数。岁满不持一砚归……"包拯（999—1062）：字希仁，庐州合肥（今属安徽）人，天圣进士。为公清廉，执法严峻，不畏权贵，累官龙图阁直学士，知开封府，极密副使等。世称"包青天"。

⑭彘肝：猪肝，此指砚色。安邑，古县名，今山西运城一带，境内有盐池。

⑮祢衡溺所爱，竟糁渔阳挝：此谓三国祢衡恃才傲物事。汉末三国时，孔融举荐祢衡为曹操做事。祢衡恃才傲物得罪曹操，操责其为鼓吏。一日大宴宾客，欲当众辱衡，衡着旧衣鼓之《渔阳三挝》，音声殊奇，使坐客慷慨流涕。又裸立席中，反辱曹操，遂遣送荆州刘表，又转送江夏太守黄祖，终被杀。事见《后汉书·一百一十卷·祢衡传》。祢衡（173—198）字正平。平原般（今属山东临邑）人。汉末文学家。作有《鹦鹉赋》。

⑯雄雯或雌缦：比喻珍奇美好的器物。此指风字砚。

⑰张华（232—300）：字茂先，范阳方城（河北固安）人，累官散骑常侍，太子太傅等。《晋书》称其"勇于赴义""器识弘旷"。著有《博物志》。

赋张秋泉真人所藏研山①

赵孟頫

泰山亦一拳石多,势雄齐鲁青巍峨②。
此日却是小岱岳,峰峦无数生陂陀③。
千岩万壑来几上,中有绝涧横天河。
粤从混沌元气判④,自然凝结非镌磨。
人间奇物不易得,一见大叫争摩挲。
米公平生好奇者⑤,大书深刻无差讹⑥。
傍有小研天所造,仰受笔墨如圆荷。
我欲为君书道德,但愿此石不用鹅⑦。
巧偷豪夺古来有,问君此意当如何。

赵孟頫(1254—1322),字子昂,号松雪道人,浙江湖州人。累官集贤直学士、翰林学士承旨、荣禄大夫等,时承"赵承旨"。博览群书、擅诗,精佛、老之学。书画称誉天下,书法有"赵体"之谓,传世书画作品颇多。著有《松雪斋文集》。

【注释】

①张秋泉:生平不详。研山,砚台的一种。利用山形之石,中凿为砚,砚附于山间,故称。宋米芾《宝晋斋研山图》云:"右此石是南唐宝石,久为吾斋研山,今被道祖易去。"也作"砚山"。

②齐鲁:指今山东一带。

③陂陀:参差峥嵘貌。也作"陂陁"。

④粤：助词，表示审慎的语气。宋苏轼《赐宰相吕公著上第一表乞致仕不允批答》："古者世臣，譬之乔木，粤自拱把，至于栋梁。"

⑤米公：指宋米芾。

⑥差讹：差错、错误。唐韩愈《石鼓歌》："公从何处得纸本，毫发尽备无差讹。"

⑦我欲为君书道德，但愿此石不用鹅：此句指东晋王羲之为山阴道士书写《道德经》换白鹅事。

李惟中学士自西台侍御召入
以未央宫瓦砚为贶,作此谢之①

许有壬

汉家作宫法紫微②,金铺玉户明华榱③。
甄官陶瓦极能事④,铅丹细捣咸阳泥⑤。
一朝神雀去不返,秋风禾黍惊离离。
谷陵且变此宜尽,一二时出农夫犁。
人间购求作珍玩,洗刷篆籀分毫厘。
西台执法好事者,砻磨为砚尤瑰奇。
体呈全璧径尺许,沼开新月才一眉。
坚如铁石润如玉,墨声瑟瑟松风吹。
惠然匦送感高义,但惜所与非所宜。
公才真是谪仙裔⑥,善事利器方相资⑦。
嗟余芜学忝词馆⑧,虽有此器无能为。
世传铜雀亦佳品⑨,搜刜黄壤今无遗⑩。
高皇垂统四百载,老瞒何物敢等夷。
爱人屋上乌亦好⑪,况兹适用逾端溪⑫。
楮生毛颖贺得友,坐令几案增光辉。
代言挥制固多愧,玉堂风月犹能诗。

许有壬(1286—1364),字可用,汤阴(今属河南)人。延祐进士。累官翰林学士承旨、集贤大学士兼太子谕德等。著有《至正集》《圭塘小稿》等。

【注释】

①西台：古代官署名。

②紫微：此指帝王宫殿。《文选·王延寿·鲁灵光殿赋》："乃立灵光之秘殿，配紫微而为辅。"张载注："紫微，至尊宫，斥京师也。"

③华榱：指有雕画的屋椽。《汉书·司马相如传上》："华榱璧珰，辇道绵属。"颜师古注："榱，椽也。华，谓雕画之也。"

④甄宫：陶人以砖、瓦等建造宫殿。

⑤咸阳泥：指咸阳宫之瓦。

⑥谪仙裔：指唐李白的后人。谪仙，意为谪居世间的仙人，泛指才学优异之人。

⑦善事利器：语本《论语·卫灵公》："工欲善其事，必先利其器。"

⑧羌学：荒芜学问。

⑨铜雀：指铜雀砚。

⑩黄壤：即黄土。《书·禹贡》："厥土惟黄壤，厥田惟上上。"

⑪爱人屋上乌亦好：语本《尚书大传》卷三："爱人者，兼其屋上之乌。"

⑫端溪：指端溪砚。

赠笔生王伯纯①

谢应芳

时方用武我业儒,王生卖笔来吾庐。
生承世业霅溪上②,制笔特与常人殊。
宣城阻兵十三载,犹喜山中老魏在③。
拔来秋颖带微霜,缚得铦锥含五彩。
昔年草创供玉堂④,玉堂仙人云锦裳。
三缣一字不易得⑤,笔价亦与时俱昂。
莫怪年来弃如土,扫除风尘必斦斧⑥。
生今卖笔我卖文,何异适越资章甫⑦。
呼儿亟用买一束⑧,为我写成怀古录。
一书永字三叹赏,八法以之随意足。
我有佳音生可知,用笔将见文明时。
诸公笔谏佐明主,老我笔耕笺古诗。
逝将重作毛颖传,为记频年遭薄贱。
牵联为生书姓名,字业不随陵谷变。
中秋适逢酒禁开,椰瓢酌生新泼醅⑨。
酒酣仰视月中兔,长啸一声归去来。

谢应芳(1295—1392),字子兰,号龟巢,武进(今江苏常州)人。自幼为志好学,潜心性理,以道义名节自励。室名"龟巢",教书为业。学以理学见长,亦工诗文。著有《辨惑编》《龟巢稿》等。

【注释】

①笔生：旧时称制笔之工匠。王伯纯：生平不详。

②霅溪：在浙江省湖州市。

③毚：狡兔。

④玉堂：指神仙居处。

⑤三缣一字：指唐皇甫湜斐度事。唐斐度修福先寺，将立碑，皇甫湜即请斗酒，饮酣，援笔立就。度赠以车马，缯彩甚厚。湜大怒曰："自吾为《顾况集序》，未常许人，今碑字三千，字三缣，何遇我薄邪？"度笑，酬以绢九千疋。见《新唐书·皇甫湜传》。

⑥斨斧：泛指各种斧子。亦作"斧斨"。《诗·豳风·七月》："取彼斧斨，以伐远扬。"

⑦章甫：亦作"章父"。商代的一种冠。此谓做学问之儒者。

⑧亟用：急用。亟，迫切。

⑨醅：没有过滤去糟的新酿之酒。

古砚歌

宋 无

神娲踏云补天去,遗下一团苍黑天。
千年万年干不得,长带盘古青紫烟。
玉工剖天天化石,石内星精有余魄。
彫光发炯成禹壁①,海王川后输玄液②。
帝青呵雾坤倪湿③,匣月不开太阴泣。
破天残缺无人补,一穴丝丝漏春雨。
空藏老石磨今古,补天何时与天语。

宋无(1260—1340),字子虚,江苏苏州人,著有《翠寒集》等。

【注释】

①彫光发炯:此指雕刻、砻磨,使器物生辉。
②海王:传说中海里的龙王。玄液:指墨汁。
③帝青:佛家称青色的宝珠。唐皮日休《开元寺佛钵》:"帝青石作绿冰姿,曾得金人手自持。"坤倪:大地的边缘。唐韩愈《南海神庙碑》:"乾端坤倪,轩豁呈露。"

端石砚

宋 无

千年岩璞斩新硎①,一片琳腴截紫青。

云汉带星来玉匣,墨池蒸雨出沧溟。

烟开雾敛天晶彩②,海静江澄地典刑③。

要与陶泓作佳传,老磨松液写《黄庭》。

【注释】

①岩璞:美玉般的岩石。新硎:新式样。

②晶彩:光彩。

③典刑:典型,典范,意即精品。

赠笺纸吕生二首

朱德润

玉肌匀腻粉初干,淡淡空青印碧阑①。
晓日《长杨》新赋就②,墨云时度玉螭寒。

墨文缉缉染湘流③,中莹晴空一段秋。
莫问杀青千古事④,漆书应让管城侯⑤。

朱德润(1294—1365),字泽民,睢阳(今河南商丘)人。因赵孟頫荐为镇东儒学提举。工诗、书、画。著有《存复斋集》。

【注释】

①碧阑:此指笺纸上印刷的分行线条。唐蒋防《霍小玉传》:"遂取绣囊,出越姬乌丝栏素缣三尺以授生,生素多才思,援笔成章。"
②《长杨》:汉扬雄著《长扬赋》。
③缉缉:形容花言巧语。此谓文辞华丽、亲切。
④杀青:此指古人著作成定本或刻付成印。见前注。
⑤漆书:用漆所写的文字。南朝梁周兴嗣《千字文》:"漆书壁经。"管城侯:此指毛笔。

赋翠涛砚①

倪　瓒

岳翁尝宝翠涛石，今我还珍翠涛砚。
翠涛沄沄生縠纹②，云章龙文发奇变。
米芾砚山徒自惜，此砚颠应未曾见。
我初避乱失神物，玉蟾滴泪空悽恋。
珠还合浦乃有时③，洗涤摩挲冰玉姿。
书舟轻迅逐凫鹥，喜出火宅临清漪④。
松雪磨香淬毛锥⑤，天影江波□碧滋⑥，
一咏新诗开我眉。

倪瓒（1301—1374），字元镇，初名珽，号云林、云林散人、荆蛮民等。当自称倪迂、东海瓒等等。江苏无锡人。性狷介、强学好修。家藏古书、画、书籍数千卷，精书、画、诗，名其居曰"清閟阁"。画宗董源，擅山水，自谓"聊乎胸中逸气"，与黄公望、吴镇、王蒙合称"元四家"。存世书、画颇多。著有《倪云林先生诗集》《清閟阁集》等。

【注释】

①翠涛砚：指砚色呈绿色。清《西清砚谱·卷三》载录，并附有砚图。
②翠涛沄沄生縠纹：此指砚石上皱纹似的水流波纹。
③珠还合浦：《后汉书·循吏传·孟尝》载："合浦郡海出珠宝，原宰守并多贪秽，采求无度，珠遂徙于邻境交趾郡境。及孟尝上任，革易前

弊，不久，去珠复远。"此喻翠涛砚失而复得。

④火宅：佛教语。多用喻充满众苦的尘世。《法华经·譬喻品》："三界无安，犹如火宅……众苦所烧，我皆拔济。"

⑤松雪：借指墨。

⑥□：不详。

赠笔工范君用①

郭 畀

光分顾兔一毫芒,遍洒春分翰墨场。

得趣妙从看剑舞②,全身功贵善刀藏③。

梦花不羡雕虫巧④,试草曾供倚马忙⑤。

昨过山僧余习在,小书红叶拭新霜。

郭畀(1227—1302),字天锡,号云山,丹徒(今江苏丹徒)人。工书画,书学赵孟頫,作窠木竹石,极有天趣。著有《快雪斋集》。

【注释】

①范君用:生平不详。

②得趣妙从看剑舞:此指唐时张旭,观公孙大娘舞剑而草书大进。唐杜甫"观公孙大娘弟子舞剑器行并序"云:"……昔者吴人张旭,善草书书帖,数尝于邺县见孙大娘舞西河剑器,自此草书长进……"

③全身功贵善刀藏:此指书法用笔,贵藏锋且隐而不露,笔到力到。即"全身力量到笔端"之谓。

④梦花:梦笔生花。五代王仁裕《开元天宝遗事·梦笔头生花》:"李太白少时,梦所用之笔头上生花,后天才瞻逸,名闻天下。"雕虫:喻从事微不足道的小技艺。汉扬雄《法言·吾子》:"或问:'吾子少而好赋?'曰:'然。童子雕虫篆刻。'俄而曰:'壮夫不为也。'"

⑤试草曾供倚马忙:《世说新语·文学》载:晋桓温北征,袁宏倚马前

草拟文告,顷刻写成七纸,后喻人文思敏捷。唐吴融《灵池县见早梅》:"栖身未识登龙地,落笔元非倚马才。"

铜雀砚歌

傅若金

邺中文砖天下奇,流传为砚亦堪悲。
月砌寒倾古台暮,雨犁耕出断钗时。
荒凉火烧狐兔窟,金棺别葬奸雄骨①。
石麟暗刻魏春秋,铜雀空题汉日月。
可怜此砚依浮世,曾见高筵美人醉。
行迹犹沾旧袜尘,啼痕已灭新妆泪。
向来登践日纷纷②,即今磨洗见奇文。
题诗为吊西陵树,地下曹瞒那得闻。

傅若金(1304—1343),初字汝砺,后字与砺,江西新喻人。家贫,以织席为生,后奋发读书工诗文,授诗法于同郡范梈、虞集、宋褧,以异才荐佐使安南(今越南),归除广州文学教授。著有《清江集》。

【注释】

①奸雄:此指曹操。
②登践:登临,登上。南朝宋谢惠连《秋怀》诗:"高台骤登践,清浅时陵乱。"

次韵纳斋铜雀台砖砚歌①

李 序

铜雀台倾见荒土，月黑妖孤上台舞。

千笔瓴甋堕人间②，瑟瑟苔花暗秋雨。

天荒地老奈愁何，台上青泥生碧莎③。

斜风吹雨啼蟋蟀，此是西陵长夜歌。

魏人膏血今已古，漆色凝花人未睹。

一从为砚今几年，漳水滔滔自东去④。

为君写作铜台吟，台前瓦砾犹伤心。

李序（生卒年不详），字仲伦，东阳（今山东益都）人。著有《絪缊集》。

【注释】

①纳斋：不详。

②瓴甋：砖。《尔雅·释宫》："瓴甋谓之甓。"郭璞注："甑砖也，今江东呼瓴甓。"

③碧莎：青草。

④漳水：源于山西省东南部，流经河南河北两省。唐郑愔《铜雀妓》诗："日斜漳浦望，风起邺台寒。"

赠笔生陈仲实①

郑 东

吴兴老冯善择毫②,择毫入笔铦于刀。
近年杨陆亦有法③,声价直与冯齐高。
陈生后出奄三子,射利肯作庸工饕④。
欣然为我开一束,讵数豕鬣并貍毛。
才濡入手即圆熟,挥洒不觉运腕劳。
野人得此殊快意,翰墨虽拙尤便操。
既不能写虫鱼疏,又不喜书龙虎韬⑤。
暮年但欲给生笔,收拾遗史明诛褒。
顾无好句相报答,且复浮以尊中醪。
气酣耳热秋风起,江山如助诗人豪。

郑东(生卒年不详),字季明,号杲斋,温州(今属浙江)人。著有《郑氏联璧集》。

【注释】

①陈仲实:生平不详。

②吴兴老冯:当指笔工冯应科。生平不详。

③杨陆:不详。

④射利:谋取财利。晋左思《吴都赋》:"富中之甿,货殖之选,乘时射利,财丰巨万。"庸工:佣工,受雇为人做工。饕:极贪婪。

⑤龙虎韬:指兵书。古兵书有《太公六韬》:"文韬、武韬、龙韬、虎韬、豹韬、犬韬。"宋王安石《别雷周辅》:"明时尚使龙蛇势,壮志空传虎豹韬。"

咏案头四俊之一·锦花笺①

张玉娘

薛涛诗思饶春色②,十样鸾笺五采夸。
香染桃英清入观,影翻藤角眩生花。
涓涓锦水涵秋叶,苒苒剡波漾晚霞。
却笑回文苏氏子③,工夫空自废韶华。

张玉娘(约1250—1277),字若琼,自号一贞居士,松阳(今浙江遂昌)人。明慧知书,工诗词。少许沈佺,后父母违言,玉娘不从。沈佺故,玉娘誓随其故。所饲鹦鹉及二婢从死。父母并以殉葬,名曰"鹦鹉冢"。明人王诏为其作传。著有《兰雪集》。

【注释】

①锦花笺:一种华美的笺纸。

②薛涛(?—约834):唐代著名女诗人。字洪度,长安(今陕西西安)人。幼年贫困,沦为乐妓,善歌舞、工诗词,时称"女校书"。与元稹、白居易、杜牧等相唱和。曾居浣花溪,制深红小笺写诗,世称"薛涛笺"。明人辑有《薛涛诗》。参阅前注。

③回文苏氏子:指前秦苏蕙寄给丈夫的织锦回文诗。《晋书·列女传·窦涛妻苏氏》:"窦涛妻苏氏,始平人也,名蕙,字若兰,善属文。涛,苻坚时为秦州刺史,被徙流沙,苏氏思之。织锦为回文旋图诗以赠涛。宛转循环以读之,词甚凄惋。"

赠制笔生许文瑶[1]

刘辰翁

许生精艺谁可及,材用刚柔以制笔。
水盆洗出紫兔毫,便觉文章生羽翼。
蒙恬将军为动色,为是秦王旧时物。
丞相斯曾从驾行,载此篆书封禅碣。
从秦至今几千载,兔尚皮存竹可采。
利济天下功不有,入手千人万人爱。
我昔为郎居粉署,用笔唯于许生取。
轻衫日对紫薇花,写遍江淹梦中句。

刘辰翁(1234—1297),字会孟,庐陵(今江西吉安)人。博学,性耿直。曾为濂溪书院山长,著有《须溪集》等。

【注释】

①许文瑶:生平不详。

笔生沈日新来求书,就写旧诗以寄①

柯九思

沈生笔妙能随意,曾记蓬莱应制时。
三十六宫花漠漠,玉阶研露写新词。

柯九思(1290—1343),字敬仲,号丹邱生。五云阁吏,台州仙居(今属浙江)人。以父荫补华亭尉不就,文宗时任奎章阁,授学士院鉴书博士。精鉴赏,善写墨竹,师法文同,间作山水。工诗,著有《丹邱生集》。

【注释】

①沈日新:生平不详。

墨工林松泉来求荐,就写寄①

柯九思

先朝谁进林家墨,曾试龙楼凤饼新②。
玉砚光华云彩动,殿中书诏赐功臣。

【注释】

①林松泉:生平不详。
②龙楼:指朝堂。凤饼:此指墨块。

就寄笔生温国宝①

柯九思

千金当日赋《长门》②,温老中书预选抡。

江上秋霜飞鬓影,怕拈湘管见啼痕。

【注释】

①温国宝:生平不详。

②《长门》:汉司马相如作《长门赋》,序云:"孝武皇帝陈皇后时得幸,颇妒,别在长门宫,愁闷悲思。闻蜀郡成都司马相如天下工为文,奉黄金百斤,为相如、文君取酒,因于解悲愁之辞。而相如为文以悟主上,陈皇后复得亲幸。"

远山笔架诗①

刘 因

何物能支笔万钧②,案头依约远山痕。
灯横烟影隐犹见,秋入霜毫势欲吞。
掌上三峰看太华,人间一发是中原。
中书未免从高阁,不向林泉怨少恩。

刘因(1249—1293),一名骃,字梦吉,号静修,保定容城(今河北容城)人。官为承德郎、右赞大夫。"天资绝人","七岁能属文,落笔惊人"。"家居教授,师道尊严"。(《元史》)著有《四书精要》《静修集》等。

【注释】

①此诗辑自《渊鉴类函·卷二百四·文学部·笔》。
②万钧:形容力量大或分量重。钧,古代重量单位之一,三十斤为一钧。

铜雀瓦砚

刘 因

诸侯负汉已堪怜①,直笔何为亦魏编。
却爱曹瞒台上瓦②,至今犹属建安年③。

【注释】

①诸侯:古代帝王所分封的各国君主。此指东汉末年诸侯争霸之事。
②曹瞒:曹操小字阿瞒,故称。宋苏轼《答范淳甫》:"犹胜白门穷吕布,欲将鞍马事曹瞒。"
③建安:汉末献帝年号(196—219)。

鼠须笔①

谢宗可

夜逐虚星上月宫②,奋髯夺得管城公。

橐中不搅吟窗梦,指下先争翰苑功。

莫笑砚池濡醉墨,绝胜仓廪饱陈红③。

平生啗尽诗书字④,散作龙蛇落纸中。

谢宗可,生卒年不详。金陵(今江苏南京)人。能诗。著有《咏物诗》一卷。

【注释】

①此诗辑自《渊鉴类函·卷二百四·文学部·笔》。
②虚星:虚宿,二十八宿之一,北方玄武七宿第四宿,也称"玄枵"。
③陈红:指陈年的谷类。
④啗:吃。

砚山诗[1]

揭傒斯

　　山石出灵璧,其大不盈尺,高半之。中隔绝涧,前后五十五峰,东南有飞磴横出,方平可二寸许,凿以为砚,号曰砚山。在唐已有名,后归于李后主。主亡归于宋,米芾元章刻其下,述所由来甚详。宋之季,归于天台戴运使觉民,后又归其族人。宰相贾似道求之弗与,携持兵乱间,寝、处与俱,乃获全。大都太乙崇福宫张真人,本戴氏子,今年春,贻书得之,请予赋诗。其辞曰:

　　何年灵璧一拳石,五十五峰不盈尺。
　　峰峰相向如削铁,祝融紫盖前后列[2]。
　　东南一泓尤可爱,白昼元云生霢霂。
　　在唐已著群玉赋[3],入宋更受元章拜[4]。
　　天台颎洞云海连,戴氏藏之余百年。
　　护持不涴权贵手,离乱独与身俱全。
　　帝旁真人乘紫霞,尺书招之若还家。
　　阴崖洞壑寒嵖岈,宛转细路通褒斜[5]。
　　昆仑蓬莱与方壶,坐卧相对神仙居。
　　硬黄从写黄庭帖,汗青或抄鸿宝书[6]。
　　秦淮咽咽金陵道,此物幸不随秋草。
　　愿君谷神长不老[7],净几明窗永相保。

揭傒斯（1274—1344），字曼硕，龙兴富州（今江西丰城）人。延祐初，程钜夫等属于仁宗，授翰林国史院编修官，撰《功臣列传》。文宗时为奎章阁授经郎，上《太平政要策》，兴虞集、赵世延等修《经世大典》。顺帝时任集贤学士，又升侍讲学士，参与修辽、金、宋三史，任总裁官，时为"儒林四杰"。善诗文、工楷、行、草书。著有《揭文安公集》。

【注释】

①此诗辑自《渊鉴类函·卷二百四·文学部·砚》。参阅宋米芾《砚山诗》。

②祝融：祝融帝，传说中的三皇五帝之一。紫盖：紫色的车盖，帝王仪仗之一。唐韩愈《谒衡岳庙》："紫盖连延接天柱，石廪腾掷堆祝融。"

③群玉：指用以称帝王珍藏书籍字画之所。

④元章拜：指宋米芾拜石事。

⑤褒斜：褒斜道，古道路名。因取道褒水、斜水二河谷而得名。旧时为中原入川交通要道之一。嵞岈：山石险峻貌。

⑥鸿宝书：道家修仙炼丹之书。泛指珍贵的书籍。

⑦谷神长不老：即"谷神不死"。语本《列子·天瑞》引"谷神不死"，谓出自黄帝书。《道德经》："神得一以灵，谷得一以盈。"古代道家用语。

谢吴宗师惠墨①

虞 集

念我衰年不废书,锦囊古墨送幽居。
明窗尘影丹同熟,元圃云英玉不如②。
敢为文章胜虎豹,只应笺注到虫鱼。
研磨不尽人间老,传与儿孙尚有余。

虞集(1272—1348),字伯生,崇仁(今属江西)人。从学于吴澄。官至奎章阁侍书学士,世称"邵庵先生。"学识渊博,究极本原,以书名世。草、正、行、篆书各有法度。古隶为当时第一。著有《道园学古录》等。

【注释】

①此诗辑自《渊鉴类函·卷二百五·文学卷·墨》。吴宗师:生平不详。
②元圃:玄圃。传说昆仑山顶的神仙居处,中有奇花、美玉、异石。

齐峰墨[1]

廼贤

江东魏元德所制齐峰墨于上都慈仁殿赐文锦(一作缣),马湩以宠之。既南归作诗以赠云。

锦袭元圭莹,龙香秘阁浮。
渍毫春黛湿,拂楮翠云流。
绣绮颁宫掖,琼浆出殿头。
小臣沾雨露,千载荷恩休。

廼贤(1309—1368)一作纳新,字易之,葛罗禄氏。世居金山,后迁居河南南阳。官至翰林编修宫。能诗,善书。著有《金台集》《河朔访古记》等。

【注释】

①此诗辑自《渊鉴类函·卷二百五·文学卷·墨》。

为吴国良赋桐花烟①

泰不华

吴郎骨相非食肉,朝食桐花洞庭曲。

洞庭三月桐始花②,千枝万朵摇江绿。

吴郎采采盈顷筐,宝之不啻琼膏粟。

真珠龙脑吹香雾,夜夜山房捣玄玉。

墨成谁共进蓬莱,天颜一笑金门开。

河伯香飞喷木叶③,太守嘘气成楼台④。

龙宾十二吾何有⑤,不意龙文入吾手。

芙蓉粉暖玻璃匣,云蓝色映彤墀柳。

玉堂退食春昼长,桃花纸透冰油光。

筠管时时濡秀石,银钩历历凝玄霜。

君不闻,易水仙人号奇绝⑥,落纸三年光不灭。

又不闻,□□□□乌玉块,坡老当年书柿叶。

惜哉唐李不复见!吴郎善保千金诀。

呜呼,吴郎善保千金诀。

泰不华(1304—1352),字兼善,蒙古伯牙吾台氏。初名达普化,元文宗赐今名。家居台州(今浙江临海)。官至浙江东道宣慰使都元帅。后战死。家贫好读书,尚气节、不随俗。曾参修宋、辽、金三史。

【注释】

①此诗辑自《渊鉴类函·卷二百五·文学卷·墨》。吴国良：生平不详。桐花烟：墨名。

②洞庭：洞庭湖流域。在湖南省北部、长江南岸。有"八百里洞庭"之称。

③河伯：传说中的河神。木叶：树叶。屈原作《楚辞·九歌·湘夫人》："袅袅兮秋风，洞庭波兮木叶下。"

④嘘气：呼气。

⑤龙宾十二：语本唐冯贽《云仙杂记·陶家瓶余事》："玄宗御案墨曰龙香剂。一日，见墨上有小道士如蝇而行。上叱之。即呼'万岁'，曰：'臣即墨之精，黑松使者也。凡世人有文者，其墨上皆有龙宾十二。'上神之，乃以分赐掌文官。"后泛指名墨。

⑥易水仙人：南唐墨工李廷珪为易水人。故称。

玉带生歌①

张 宪

　　玉带生，端人也。事文山丞相为文墨宾，与同馆谢先生翱友善。宋革，丞相殉国死，讣闻，生与翱哭于西台之下。复悯宋诸陵暴露，私相盖覆，识以冬青木而去。后翱道卒。生今归会稽，抱遗老人与秋声子辈为寮中七客。初，宋上皇以丞相恩，赐生紫衣玉带，至今不改其旧服。生为人端厚，强记默识，不妄开口。丞相素重之，呼召不以名，但曰玉带生。故作《玉带生歌》。

　　　　鸾刀夜割黑龙尾②，碾作端溪苍玉子③。
　　　　花镔铁面一尺方，紫雾红光上书几。
　　　　银丝双缠玉腰围，翡翠青斑绣紫衣。
　　　　金星鸲眼不敢现，案上墨花皆倒飞。
　　　　景炎丞相魁龙榜④，抚玩不殊珠在掌。
　　　　背铭刻骨四十四⑤。血录至今犹可想。
　　　　谢公古文今所师，西台一恸神血垂。
　　　　独持老瓦出门去，冬青树边书愤词。
　　　　天翻地覆神鬼怒，九庙成灰陵骨露。
　　　　庐陵忠魄上骑箕，流落端生何所寓。
　　　　抱遗老人生计拙，爱把文章写忠烈。
　　　　霜毫一夜电光飞，不必矮桑重铸铁。

　　张宪（？—1142），南宋抗金名将岳飞麾下前军统制，官至高阳关路马步军副都总管。四川阆中人。因拒绝诬陷故帅岳飞而被冤杀。后平反昭雪。追赠宁远军承宣使。

【注释】

①此诗辑自《渊鉴类函·卷二百四·文学部·砚》。

②黑龙尾：指端砚的尾石。

③苍玉子：指端砚子石。《端溪砚谱·子石》："端石以子石为上，在大石中生。盖精石也。"

④景炎丞相魁龙榜：指文天祥。

⑤背铭刻骨四十四：《文山砚铭》，丹书小篆四十四字："紫之衣兮绵绵，玉之带兮磷磷，中之藏兮渊渊，外之泽兮日宣。呜乎？磨尔心之坚兮，寿吾文之传兮。庐陵文天祥造。"

洮石砚①

雷 渊

缇囊深复有沧州②,文石春融翠欲流③。

退笔成丘竟何益,乘时直欲砺吴钩。

雷渊(1184—1231),字希颜,一字季默。应州浑源(山西浑源)人。至宁元年(金1213)进士。累官监察御史、翰林修撰。《金史》言其"遇不平则疾恶气见于颜间"。

【注释】

①此诗辑自《渊鉴类函·卷二百四·文学部·砚》。洮石砚:即洮州(今甘肃临潭县)附近河段产的一种石头,呈绿蓝色,近似绿松石的颜色。质地坚腻,有纹,为历代文人所喜爱。参阅前注。

②缇囊:赤黄色丝织品。沧州:滨水的地方。在指隐士之处。南朝齐谢朓《之宣城郡出新林浦向板桥》诗:"既欢怀禄情,复协沧州趣。"

③文石:指洮石砚。

赋杨生玉泉墨①

元好问

万灶元珠一唾轻②,客卿新以玉泉名。
御园更觉香为累③,冷剂休夸漆点成④。
涴袖秦郎无籍在⑤,画眉张遇可怜生⑥。
晴窗弄笔人今老,孤负松风入砚声。

元好问(1190—1257),字裕之,号遗山。忻州秀容(今山西忻县)人。兴定五年(1221年)进士。累官尚书省、左司都事、员外郎等。诗奇崛而绝雕刿,善书法。博学识富。著有《中州集》《杜诗学》《金史》等。

【注释】

①此诗辑自《渊鉴类函·卷二百五·文学部·墨》。杨生"玉泉墨":指金时墨工杨文秀所制墨。元陆友《墨史》载:"杨文秀,字伯远,本江左人。在金之季以墨善闻。其法不用松炬而用灯煤。子彬得其遗法以授耶律楚材,楚材授子铸,使造一万丸。铭曰:玉泉万笏。"

②万灶:参阅上注。

③御园:墨名。明杨慎《玉泉墨画眉墨》称:金章宗官中以张遇"麝香小御团"为"画眉墨"。

④漆点成:指魏时韦诞事。南朝齐王僧虔论韦诞墨曰:"仲将之墨,一点如漆。"此谓墨的品质高。

⑤涴袖:弄脏的袖子。无籍在:无顾忌。唐杜甫《送韦书记赴安西》:"白头无籍在,朱绂有哀怜。"

⑥画眉张遇：参阅前③注。元陆友《墨史》卷上："张遇，易水人。遇墨有题光启年者，妙不减李延珪。宫中取其墨，烧去烟，用以画眉，谓之画眉墨。"

谢安巨济赠纸百幅①

朱自牧

百幅溪笺远见羞,故人佳饷若为酬②。
幸将晚节收渔网,未得良工起凤楼。
柿叶学书差足慰,芸香辟蠹会须求。
挥毫不见云烟落,愚贾操金愧暗投③。

朱自牧(生卒年不详),字好谦。棣州厌次(今山东阳信)人。皇统中进士,官同知晋宁军事。能诗,以句法工致著称。

【注释】

①此诗辑自《渊鉴类函·卷二百五·文学部·纸》。安巨济:生平不详。
②佳饷:美好的馈赠。
③愚贾:愚笨的商人。

谢友惠温生笔①

王 冕

春云浮空山渺渺,细雨飞花堕江草。
感时欲作寄远书,凝思几叹中书老。
东家小胥借已无,西家但有长柄锄②。
薛涛侧理摊满案,无奈点作玄云图③。
昨夜灯花悬紫粟,知有春风到茅屋。
清晨开户得故人,惠我温生双落墨。
赤锋圆健光彩浮,金花古笺封两头。
脱颖忽作霹雳响,龙跳虎跃山灵愁。
更看担夫争道好④,涂鸦小儿惊绝倒。
陶泓从此策奇勋,扼腕凝神听挥扫。
黑花飒飒鸣琳琅,野人辟易安敢藏?
为君贡之白玉堂,黼黻华衮开天章⑤。
大书大义扶王纲。

王冕(1287—1359),字元章,号煮石山农、梅花屋主等。诸暨(今属浙江)人。出身农家,昼牧牛,夜在佛寺灯下读书。试进士不第,读古兵法,游历各地。翰林不就。归隐九里山,卖画为生。工诗善书、画,擅墨梅,兼能治印。著有《竹斋集》。

【注释】

①温生笔：指制笔人温生所制毛笔。

②钼：锄草翻地的农具。

③玄云：指墨。金冯延登《洮石砚》诗："芸窗尽日无人到，空看玄云吐翠微。"

④担夫争道：指张旭学书事。《唐国史补》云："旭言：始吾见公主担夫争路，而得笔法之意，后见公孙氏舞剑器，得其神。"此指书法中的结构布白，妙在主次揖让之间，违而不犯，张弛有情。

⑤黼黻：此谓华美的辞藻。华衮：指君王。明何景明《九川行》："已从华衮补日月，况执彤管排风云。"

滩哥石砚歌①

宋　濂

朱舍人芾，雅士也②。近见滩哥石砚禁中③，遂摹拓一本，装褫成轴，悬之书斋，命予作歌填其空处。歌曰：

朱君嗜古米芾同④，三代彝器藏心胸。
滩哥古砚近获见，惊喜奚翅逢黄琮⑤。
研煤敷纸巧摹榻，访我一一陈始终。
有唐四叶崇象教⑥，梵僧航海来番禺⑦。
手持贝叶写健相⑧，翻译华竺谈玄空⑨。
辞义幽深众莫识，当时受笔唯房融⑩。
砚中淋漓墨花湿，助演真乘诚有功⑪。
爱其厚重为题识，七月七日元神龙。
鬼工雷斧琢削古，天光电影生新容。
袤将四尺广逾半，作镇弗迁犹华嵩⑫。
涉唐入宋岁五百，但见宝气浮晴虹。
南渡群公竞赏识⑬，氏名环列萦秋虫。
朔元虽以实内府，弃真但使烟埃封⑭。
方今圣人重文献，毡蒙舟载来江东。
风磨雨濯露精彩，奉敕舁入文华宫⑮。
宫中日昃万机暇⑯，侍臣左右咸云从。
紫端玄歙尽斥去，欣然为此回重瞳⑰。

重瞳一顾光照日，天章奎画分纤秾。

有才沉薶恨已久⑱，石如能语夸奇逢。

维昔成周全盛日⑲，兑戈彻衣并大弓⑳。

藏诸天府遗孙子，用以镇国照无穷。

愿将斯砚传万世，什袭不下古鼎钟。

上明文德化八极，下书宽诏苏疲癃㉑。

君方执笔掌纶诰㉒，愿以此言闻帝聪㉓。

老臣作歌在何日，洪武戊午当严冬㉔。

宋濂（1310—1381），字景濂，号潜溪、浙江浦江人。官至翰林学士承旨知制诰。明初奉命主修《元史》。著有《宋学士文集》等。

【注释】

①滩哥石砚：参见题注。

②朱芾：生平不详。

③禁中：指帝王所居宫内。汉《独断》卷上："汉天子正号曰皇帝……所居曰禁中，后曰省中。"

④米芾：参见前注。

⑤奚翅：亦作"奚啻"，何止，岂但。

⑥四叶：四世。象教：佛教。释迦牟尼离世，诸大弟子想慕不已，刻木为佛，形象教人，故称。

⑦番禺：古县名，今属广东广州。

⑧健相：庄重肃穆之相。

⑨华竺：精美的竺经，指佛经。

⑩房融：唐代大臣、武周时期的宰相。《全唐诗》载："房融、河南人，则天时为相。神龙元年，贬死高州。好浮屠法，尝于岭外笔受《楞严经》诗一首。"翻译家。参见《唐诗纪事·卷十三》《全唐诗卷四》。

⑪真乘：佛家谓真实的教义。唐知玄《答僧澈》"观君法苑思冲虚，使我真乘刃有余。"

⑫华嵩：指华山、嵩山。

⑬南渡：此指宋高宗赵构自北渡过长江，建都临安（今江苏南京），史称"南宋"。

⑭弃寘：弃置，放置。寘，同"置"。

⑮舁入：抬入。文华宫：宫殿名。

⑯日昃：太阳偏西，下午二时左右。《易·离》："日昃之离，何可久也？"

⑰重瞳：指帝王的眼睛。唐李远《赠写御真李长史》："初兮隆准山河秀，再点重瞳日月明。"

⑱沉薶：亦作"沈薶"，埋没。

⑲维昔：往昔，从前。成周：西周的东都洛邑，此谓周成王时期。

⑳兑戈：指上古善于造戈之巧匠兑。《书·顾命》："兑之戈，和之弓。"孔传："兑、和，古人巧人"。胤衣：指后裔。

㉑疲癃：指苦难或苦难之人。

㉒纶诰：亦作"纶告"。指皇帝的诏令和文告。

㉓帝聪：皇帝的聪慧。

㉔洪武：明太祖朱元璋年号（1368—1398）。戊午，指1378年。

谢江文初惠笔①

史　谨

有客清晨来叩门，长揖赠我中书君。

数枝彤管截寒玉，凛凛霜气凌秋云。

小试银笺价应倍，玄霜渍毫凝石髓②。

未经草檄动朝端③，犹记题诗泣山鬼④。

感君之德安敢忘，速令收贮归文房。

明朝更写换鹅帖，字体不用遵钟王。

史谨（生卒年不详），字公谨。昆山（今江苏）人。明洪武幼年。因事谪居云南，后用荐为历天府推官，降补汀阴县丞，罢归。侨居金陵，工诗善书。构独醉亭，卖药自给，以诗画终其身。著有《独醉亭集》。

【注释】

①江文初：生平不详。

②石髓：即石钟乳，古人用以服食。

③草檄：起草檄文或官方文书。《陈书·蔡景历传》："高祖（陈霸先）将讨王僧辩……召令草檄，景历援笔而成。"后喻文思敏捷。

④犹记题诗泣山鬼：语本杜甫《李十二白二十韵》："笔落惊风雨，诗成泣鬼神。"又《唐诗纪事十八·李白》：天宝初，贺知章见之（指李白《乌栖曲》），曰："此诗可以泣鬼神矣！"

谢欧阳御史送笔①

史　谨

蒙恬制作久尘埃，今日劳君远寄来。

毫带风霜分玉兔，管含光彩出乌台②。

题诗忽有惊人句，草檄惭无倚马才。

还与墨卿同箧贮，奎光夜夜烛三台③。

【注释】

①欧阳御史：不详。

②乌台：指御史台。

③奎光：奎宿之光。旧谓奎宿耀光为文运昌明、开科取士之兆。三台：此指汉代所设的官制，尚书为中台、御史为宪台、谒者为外台，故称。《后汉书·袁绍传》："坐召三台，专制朝政。"

赠笔生徐原珪①

龚 斅

三绝吴兴价最高,品题何待见吾曹。
南山未必无清节②,东郭争知有俊毫③。
吏部文章徒炫美,中书官赏不酬劳。
玉堂赖尔能挥洒,尚写新诗换锦袍④。

龚斅(生卒年不详),字不详,铅山(今属浙江)人。御史叶孟芬荐其学行,入为四辅官,以老乞归,又召为祭酒,卒于官。著有《鹅湖集》等。

【注释】

①徐原珪:生平不详。
②南山:此指终南山。清节:指竹。
③东郭:良兔。《战国策·齐策三》:"韩子卢者,天下之疾犬也。东郭逡者,海内之狡兔也。"
④锦袍:指唐李白事。语本《新唐书·文艺列传中·李白》:"白自知不为亲近所容,益鹜放不自修,与贺知章、李适之、汝阳王琎、崔宗之、苏晋、张旭、焦遂为'酒八仙人'。恳求还山,帝赐金放还。白浮游四方,尝乘月……著宫锦袍坐舟中,旁若无人。"

咏薛涛笺

郑　真

粉白朱红点点描，蛮笺认得女娼妖①。

巴山蜀水花如海，杜宇春风恨未消②。

郑真（生卒年不详），字千之，鄞县（今浙江宁波）人。"研穷六经"，明以文学著名。洪武四年（1371），乡试第一，授临淮县教谕升广信府教授。著有《荥阳外史集》等。

【注释】

①蛮笺：唐时高丽纸的别称。此指蜀地所产名贵的彩色笺纸。娼妖：指从事歌舞的女艺人。

②杜宇：传说中的古代蜀国国王，死后之魂化为杜鹃鸟，春末夏初，常昼夜啼鸣，其声哀切。《红楼梦》第七十回："一声杜宇春归尽，寂寞帘栊空月痕。"

纸

解 缙

剡溪藤，鱼网线，捣刲如麋浸水浉^①。

神工抄作五色笺，凤舞鸾翔云片片。

汉庭帝子爱如宝，诏下蔡侯多制造。

文华殿上赋新诗，御墨淋漓尽章草^②。

解缙（1369—1415），字大绅，一字缙绅，号春雨。江西吉水人。洪武二十一年（1388）年进士，授中书庶吉士。永乐初任翰林学士，主持纂修《永乐大典》。后遭谗被谪，以私觐太子罪下狱被杀。著有《文毅集》《春雨杂述》等。

【注释】

①浉：此指山上之水。宋韩拙《论水》："夫水有缓急浅深，此为大体也。山上有水曰浉，山下有水曰淀。"

②章草：书体的一种。

笔

解 缙

未用怨头白,用时头转黑。

未用暂幽间,用时何逼迫。

须臾索我风雷惊,明时用我致太平。

君子用我流芳名,鬼神见我俱潜形。

五经文字传今古,仓颉由来知我苦。

十万雄兵我解和①,那用敲金兼击鼓。

【注释】

①解和:和解、讲和。

墨

解　缙

北方黑帝驱松使①，松使嘘烟满天地。
神工幻作元霜飞②，一敛捣成乌玉剂。
脑麝匀胶香屑屑③，巧制如琴复如月。
休论价值重如金，贵在玉堂堂上列。
出处相同毛与楮④，生也同生死同死。
结邻好个石乡侯⑤，亲我更亲二君子。
天池共沐恩波惯，彩凤龙光几璀璨。
五经载道孰为先，匪我传来那得见。

【注释】

①黑帝：五天帝之一。指北方之神。《周礼·天官·大宰》：祀五帝唐贾公彦疏："五帝者，东方青帝灵威仰，南方赤帝赤熛怒，中央黄帝含枢纽，西方白帝白招拒，北方黑帝叶光纪。"

②元霜：玄霜。

③屑屑：象声词。形容墨磨之声、味。

④毛与楮：毛，即毛笔；楮，即纸。

⑤石乡侯：石砚的戏称。宋孙奕《履斋示儿编·杂志·人物异名》："砚曰石乡侯。"

砚

解 缙

我家住在端溪里,窈窕白云最深处①。

吾宗骨肉徒纷纭,惟我幸为明时器。

瑜糜见我性质实,俾我日里相摩擦。

毛颖先生常似渴,一插池中水将绝。

玉堂金马许多人,惟尔三子情最亲。

爱我坚心磨不磷,案头长立待君恩。

【注释】

①窈窕:此情深邃貌。三国魏曹植《飞龙篇》:"晨游泰山,云雾窈窕。"

水　滴

解　缙

月窟一蟾蜍，变化何所之。
秀拔三峰峦，更蟠两蛟螭。
或化北海鱼①，或变南山鹿。
长河与百川，一插归吾腹。
须臾唤出云烟起，濡毫细写龙鸾字。
笔底回春有生意，能使云行兼雨施②。

【注释】

①北海鱼：语本《庄子·逍遥游》："北冥有鱼，其名为鲲。鲲之大，不知其几千里也。化而为鸟，其名为鹏，鹏之背，不知其几千里也。"

②云行兼雨施：指云气流行，雨泽施布、滋润万物。语本《易·乾》："云行雨施，品物流行。"此谓借天之德，文运亨通，使云行雨布，品类万物之盛。

答马龙惠笔①

陈献章

挥毫杀尽山中兔,雪管秋风又到门。
入手当为天下技,秃头终瘗水边材。
八分墨妙还江浦,科斗书成也状元。
思与两贤同把笔,夕阳江郭断离魂。

陈献章(1428—1500),字公甫,号石斋,因居白沙里,世称"白沙先生""陈白沙"。广东新会人,曾应召翰林院检讨,辞归、其学说从陆九渊"心即理也"说为宗旨,认为宇宙的一切都是理的表现。善书。山居时,以茅束笔作书,遂自创一格,著有《白沙集》《白沙诗教解》等。

【注释】

①马龙:生平不详。

过端溪砚坑

陈献章

峡云锁断端溪水,白鹤群飞峡山紫。

独怜深山老鸲鹆①,万古西风吹不起。

安得猛士提千钧②,乱石溪边夜搥碎。

【注释】

①鸲鹆:俗名"八哥"。此指端石砚上的圆形斑点,世称"鸲鹆眼"。宋欧阳修《砚谱》:"端石出端溪……有鸲鹆眼为贵。"

②千钧:形容力量之大或采砚工具之重。

莫咋铜雀砚歌

沈 周

草窗刘先生尝赋《铜雀砚歌》有云:"呼儿开匣取长剑,咋碎慎勿留其踪。①"读之,知先生疾操(按:曹操)之心发之于言,若是之烈也。周懦夫不能不失声于破缶②,故作诗解其怒而愿有所存也。

拔剑咋瓦,瓦碎何用?咋碎于瞒,莫为轻重③。
不如掣取太史笔④,青竹中间削其统。
老瞒自欲瞒春秋,公议所在人焉廋⑤。
瓦痕虽留汉正朔⑥,心实无汉虚尊周。
愿存此瓦长作砚,犹因子墨黥瞒面。
汉贼明将汉法诛,千载烟华渍深谴。
古云不以人废言⑦,言如可存瓦可存。
识贼鉴乱于人群,瓦无可恶恶在人。
呜呼!莫将人瓦併案罪⑧,我为题诗救其碎。

沈周(1427—1509),字启南,号石田,晚号曰白石翁。长洲(江苏苏州)人。诗拟白居易、苏轼、陆游、字仿黄庭坚,并为世所重。工画、多作山水,兼工花卉、鸟兽、人物等。称"吴门派"。与文徵明、唐寅、仇英合称"明四家"。著有《石田集》等。

【注释】

①斫：斩、砍。

②缶：古人或以缶为乐器，用以打拍子。《诗·陈风·宛丘》："坎其击缶，宛丘之道。"

③瞒：三国魏武帝曹操小名"阿瞒"。

④太史笔：指《史记》作者司马迁。

⑤廋：隐藏。语本《论语·为政》："视其所以，观其所由，察其所安，人焉廋哉！人焉廋哉！"公议：罪人的议论、舆论。汉荀悦《前汉纪·孝武纪·二》："圣人以天下为度者也，不以私怒伤天下公议。"

⑥正朔：指帝王所颁的历法。《史记·历书》："王者易姓受命，必慎始初，改正朔，易服色，推本天元，顺承厥意。"

⑦古云不以人废言：语本《论语·卫灵公》："君子不以言举人，不以人废言。"

⑧并：一齐，一同。

文宗儒蓄匏研借观数日①,宗儒以其制与拙号合遂以赠予,研额刻:元丰二年及晋斋学士四字,印文曰李泂

吴　宽

身垂苦叶入秋肥,紫玉分明满一围。
遗墨未亡残物少,旧铭犹在昔人非。
固辞莫怪还终受,久假安知遂不归②。
感念老夫同气味,百年文苑幸相依。

吴宽(1435—1504),字原博,号匏庵,长洲(今江苏苏州)人。成化八年(1472)进士,廷试第一,授编修,历吏部右侍郎、礼部尚书等。博览群书,行履高洁。诗文有则,兼工书法。著有《匏翁家藏集》等。

【注释】

①文宗儒:生平不详。匏研:匏,即葫芦。葫芦形的砚。
②久假:久借。

闻启南有匏研更古次前韵①

吴 宽

平生端为饮泉肥，几格惟忧笔阵图。
阙见铭文真偶合②，向来形制却全非。
空囊得尔复何望，文苑微斯谁与归。
莫道我心犹可转，石田有石样还依。

【注释】

①启南：沈周。
②阙见：指研的边、侧。

鼠须笔①

王　鏊

顾兔猩猩两秃翁②,时来鼠辈亦成功。

临池脱颖偏宜我,凭社为妖且贳戎③。

觅伴好依居默氏④,<small>石虚中,字居默。</small>

册勋应作管城公⑤。

太仓纵是无忧地⑥,争似流芳汗简中⑦。

王鏊(1450—1524),字济之,号守谿,吴县(今江苏苏州)人。成化进士,授编修。累官吏部右侍郎、户部尚书兼文渊阁大学士。"博学有识鉴,文章尔雅,议论明畅"(《明史》),精书法,通医学。著有《性善论》《震泽集》等。

【注释】

①鼠须笔:即鼠毫笔。也称狼毫。用黄鼠狼的毛制成。参阅前注。

②猩猩:指猩猩毛制成的笔。宋代颇为盛行。《山谷诗集注》卷三载:"钱穆父奉使高丽。得猩猩毛笔,甚珍之,惠予,要作诗、苏子瞻爱其柔健可人意,每过予书案,下笔不能休……"

③凭社:指老鼠托身于土地庙,人无奈其何。贳戎:免除兵戎之灾。此指免于追打。明高启《寄王七孝廉乞猫》诗,"鼠类固甚繁、家有偏狡狯……舞庭欲呈妖,凭社期免败。"

④居默氏:指砚。

⑤册勋:即册封授勋。

⑥太仓:指苏州太仓。

⑦汗简：《汗简》，宋郭忠恕撰，是一部古文字书。书名取古人"杀青简以写经书"。也谓之"杀青"，借以说明古文是源于竹（木）简上所书写经书的古文。

同李进士观铜雀砚歌①

何景明

君不见，邺中魏帝无宫殿，千秋遗瓦磨为砚。

墨客骚人空叹嗟，朱甍绮构谁曾见②。

李君好古精鉴别，冬天拂拭开烟雪。

虚堂叩之哀玉昔，泥沙洗出黄金屑。

广州紫石鸲鹆眼③，歙山龙尾何希罕。

濡藻光回星汉垂④，蟠花背刻龟螭断。

共忆高台罗绮春，翠眉艳骨飞黄尘⑤。

提携故物悲年代，感慨新章泣鬼神。

君不见，临漳此物难复睹，河沉岸圻求者苦。

县人相传为赝古，呜呼日掘西陵土！

何景明（1483—1521），字仲默，号大复，信阳（今属河南）人。明弘治十五年（1502）进士。历官陕西提学副使。志操耿介，善诗文，与李梦阳、边贡、徐祯卿时称"四杰"。著有《大复集》。

【注释】

①李进士：不详。

②朱甍绮构：指精美的陵寝。

③广州紫石：指端砚。

④濡藻：指雕刻或绘制的华丽的文饰。

⑤翠眉艳骨：此指宫中佳丽。

咏瑞溪砚廿韵示儿

杨 慎

瑞石出端溪，灵陶琢已齐。
缁磷开浑沌①，清越夺琳珪②。
龙尾仙翁棹，羊肝彦士刲③。
浴毫轻似染，囚墨腻于螲④。
朏月沉泓北⑤，渰云度臼西⑥。
影寒归黑帝，光鉴比玄妻⑦。
羡起圆如璧，纹回曲似堤。
藏春留琲瑠⑧，敲日响玻瓈⑨。
呵润能欺础⑩，涵星讵照鼃⑪。
未央无古瓦⑫，函谷失澄泥⑬。
儿爱莲蓬洗，奴顽竹节携。
研山铭可记⑭，壶岭价应低⑮。
吮笔浆含蚌⑯，袪尘匣斫犀⑰。
谗邪忧吕望⑱，博厚景宣尼⑲。
绮思生松黛⑳，訑音辩彩霓㉑。
寸田丰杷枒㉒，勺水跃鲸鲵㉓。
藻翰歌麟趾㉔，勋华借兔蹄㉕。
逝将翔沼凤㉖，幸勿厌家鸡㉗。
巴峤薪当荷㉘，雄池草正萋㉙。
玉蟾征旧梦，金马拟新题㉚。

杨慎（1488—1559），字用修、号升庵。四川新都人。正德进士。官翰林修撰。诗文名世。知识渊博、著述甚富。著有《升庵集》《陶情乐府》《丹铅总录》等。

【注释】

①缁磷：语本《论语·阳货》："不曰坚乎？磨而不磷；不曰白乎？涅而不缁"。何晏集解："孔曰：磷、薄也；涅，可以染皂。言至坚者，磨之而不薄；至白者，染之于涅而不黑。喻君子虽在浊乱，浊乱不能污"。后以比喻操守不坚贞。唐韦应物《寄令狐侍郎》："宠辱良未定，君子岂缁磷。"

②琳珪：美玉。指玉音清越。语见《文选·颜延之·和谢监灵运》："芬馥歇兰若，清越夺琳珪。"

③羊肝：指砚色。彦士：贤士。

④瑿：黑色的琥珀。宋苏轼《石炭》："岂料山中有遗宝，磊落如瑿万车炭。"

⑤朏月：指新月。《说文》云："朏，月未盛之明。"

⑥溽云：含雨的浓云。于省吾《双剑誃诸子新证·淮南子二》："溽云谓含雨浓厚之云也。"岊：山曲，山的转弯处。

⑦玄妻：玄帝之妻。玄帝，北方之帝颛顼。

⑧琲瓃：蓓蕾，花蕾，苞未放的花。

⑨玻瓈：亦作"玻璃"。古为玉名，称水玉。

⑩呵润能欺础：此指砚润过础。础，柱下石也，础润而雨。

⑪涵星：涵星研，宋何薳《春渚纪闻·龙尾溪研不畏尘垢》："涵星研，龙尾溪石，'凤'，字样，下有二足，琢之甚薄。"黧：色黑而黄。指砚色。

⑫未央：指未央宫。

⑬函谷：指函谷关。

⑭研山铭：指宋米芾《研山铭》。

⑮壶岭：壶岭，传说中的仙山。《列子·汤问》："当国之中有山，山名壶领……"

⑯浆含蚌：语本《尔雅·释鱼》："蚌，含浆。"指蚌壳内含肉而饶浆。

⑰犀：指墨。宋苏轼《偶于龙井辩才处得歙砚甚奇作小诗》："罗细无纹角浪平，半丸犀璧浦云泓。"

⑱吕望：即太公望吕尚。周初人。姜姓，字子牙，俗称"姜太公"。佐武王灭殷，封于齐。逸邪：指逸佚奸邪的人。忧：担忧、畏惧。

⑲宣尼：指孔子。汉元始元年追谥孔子为褒成宣尼公。

⑳绮思：美妙的文思。松黛：此指松烟墨。

㉑讹音：不含标准的异音。彩霓：彩虹的副虹。色彩排列的顺序和虹相反，红色在内，紫色在外。

㉒杷椏：禾稻。前蜀韦庄《稻田》："绿波春浪满前陂，极目连云杷椏肥。"

㉓鲸鲵：即鲸。雄曰鲸，雌曰鲵。

㉔藻翰：指华美的文章。麟趾：语本《诗·周南·麟之趾》："麟之趾，振振公子。"喻有仁德、有才智的贤人。晋陆云《答孙显世》："志拟龙潜，德配麟趾。"

㉕勋华：功勋和荣华。兔蹄：指毛笔。

㉖翔沼凤：语出汉班固《幽通赋》："翔凤哀鸣集其上，清水必流注其前。"沼：水池。

㉗厌家鸡：晋何法盛《晋中兴书》："庾翼书，少时与王右军齐名，右军后进，庾犹不忿。在荆州与都下书云：'小儿辈厌家鸡，爱野雉，皆学逸少书，须吾下当北之。'"喻书法的不同风格，使人贵远贱近。

㉘巴峤：巴山。薪：柴火。荷：负担、担负。

㉙雄池：指扬雄的墨池。

㉚金马：指翰林学士。

张幼于惠临洮赐砚歌①

王世贞

蒙将军扫中山敌②,归向临洮斫地脉。
刓出坚珉三尺碧,祖龙爪端五花黑③。
一时漆合毛颖交,千古泓开墨君宅。
临洮金人血中土④,天画此石归沙碛。
歙州龙尾近足致,端溪鸲眼新堪惜。
淳熙主人眷西顾⑤,玉堂昼草平番檄⑥。
中涓但睹天颜喜⑦,学士惊传百朋锡。
小击疑闻泗滨磬⑧,捧来似剖蓝田璧。
宸章姓字刻琬琰,烟霞不散乌皮席⑨。
后四百年竟谁在,楚人弃弓楚人得。
张生豁达烟过眼,王子贪馋咽生液。
呜呼!右军风字世不见⑩,令我青箱久无色。
珍重题诗一报张,夙生或结词林识。

王世贞(1526—1590),字元美,号凤洲,又号弇州山人,太仓(今属江苏)人。明嘉靖二十六(1547)年进士。官至南京刑部尚书。才学富赡,好为诗古文。其持论文必西汉,诗必盛唐,而藻饰过甚。晚年始渐造平淡。与谢榛、吴维岳、梁有誉、李攀龙称"五子",又与吴国伦、徐中行等人号"后七子"。著述颇丰。著有《弇州山人四部稿》《弇山堂别集》等。

【注释】

①张幼于：生平不详。临洮：县名，属甘肃省。以地临洮水而名。四大名砚之一的"洮砚"即产于此。洮砚石质细腻，纹理如丝，色气秀润，为历代文人墨客所重。洮砚有绿洮、红洮两种。绿洮石色泽青蓝，质优者具天然黑色水纹，优美古雅，称为"鸭头绿""鹦哥绿"等等。红洮石色呈土红色，纯净甘润，极为稀罕。洮砚具有发墨细快，保湿利笔，蓄墨久而不干之特点。宋赵希鹄《洞天录集·古砚辨》云："除端、歙二石外，惟洮河绿石，北方最贵重。绿如蓝润如玉，发墨不减端下岩。然石在临洮大河深水之底，非人力所致，得之为无价之宝。"

②蒙将军：指蒙恬。

③祖龙：指秦指皇。

④金人血中土：指红洮砚。

⑤淳熙：南宋孝宗皇帝赵昚年号（1174—1189）。主人：指赵昚。眷：垂爱之意。

⑥平番檄：指平定番人即金人的文书或文诏。

⑦中涓：秦汉时皇帝亲近的侍从官。此指皇帝身边的近臣。

⑧泗滨磬：泗水之滨的石头作之磬。语本《书·禹贡》："峄阳孤桐，泗滨浮磬"。孔传："泗水涯水中见石，可以为磬。"

⑨乌皮席：即乌皮几，乌羔皮裹饰的小桌。唐杜甫《将赴成都草堂途中有作》："锦官城西生事微，乌皮几在远思归。"

⑩右军风字：指东晋王羲之"风字砚"。

赠笔工陆继翁①

曾　棨

吴兴笔工陆文宝，制作不与常人同。
自然入手造神妙，所以举世称良工。
有时盘礴坐轩中，石盘水清如镜中。
空山老兔脱毛骨，简拔精锐披蒙茸②。
平原霜气在毫末，水面犹觉吹秋风。
制成进入蓬莱宫，紫花彤管飞晴虹。
九重清燕发宸翰，五色绚烂皆成龙。
国初以来称绝艺，光价自此垂无穷。
惜哉文宝久已死，尚有家法传继翁。
我时得之一挥洒，落纸欲挫词场锋③。
枣心兰蕊动光彩④，栗尾鸡距争奇雄⑤。
朅来簪此扈仙跸⑥，欲补造化难为功。
梦中无人授五色，安得锦绣蟠心胸。
闲来书空不成字，纵有篆刻惭雕虫。
幸今太平重文学，玉堂金马多奇逢。
莫言盛世少知己，为我寄谢管城公。

曾棨（1372—1432），字子棨，江西永丰人。明永乐二年（1404）进士，授修撰，官至少詹事。工于书法，为文敏捷，信笔千百言一挥而就。著有《西墅集》等。

【注释】

①本诗辑自《渊鉴类函》。陆继翁：明代笔工。湖州人。住南京，善制笔，为元代著名笔工陆文宝之子。

②蒙茸：葱茸。宋苏轼《后赤壁赋》："履巉岩，披蒙茸。"

③词场锋：指文坛的杰出人士。

④枣心兰蕊：指古法制的两种毛笔。宋黄庭坚《书侍其瑛笔》："今侍其瑛秀才以紫毫作枣心笔，含墨圆健。"兰蕊：即"玉兰蕊"笔。

⑤栗尾鸡距：两种毛笔。栗尾笔，以鼠（黄鼠狼）毛制成。宋欧阳修《归田录·卷二》："蔡君谟既为余书《集古录目序》……余以鼠须栗尾笔、铜绿笔格、大小龙茶、惠山泉等物为润笔。"鸡距：唐代笔形，即鸡之后爪，因笔锋犀利如鸡距，故称。唐代诗人白居易作有《鸡距笔赋》，云："足之健兮有鸡足，毛之劲兮有兔毛。就足之中，奋发者利距。在毛之内，秀出者长毫，合为平笔，正得其要。像彼足距，曲尽其妙，圆如直，始造意于蒙恬；利而铦，终骋能于逸少，斯则创因智士，制在良工。"

⑥扈仙跸：随侍仙人出行至某处。仙跸：指仙人的车驾或行幸之处。

以剡笺赠陈待诏①

陈　端

云母光笼玉楮温，得来元自剡溪濆②。

渍涵天姥峰头雪③，润带金庭谷口云④。

九万未充王内史⑤，百番聊赠杜参军⑥。

从知醉里纵横墨，不到羊欣白练裙⑦。

陈端，生平不详。

【注释】

①陈待诏：生平不详。

②濆：水边。《诗·大雅·常武》："铺敦淮濆，仍执丑虏。"

③天姥：山名。在浙江省嵊县与新昌县之间。唐李白《梦游天姥吟留别》："越人语天姥，云霞明灭或可睹。"

④金庭：小名。在浙江省嵊州，周围三百里，名曰金庭崇妙天。是道教三十六小洞天之一。

⑤王内史：即东晋王羲之。曾官会稽内史，故称。

⑥杜参军：指唐代诗人杜甫。曾任率府参军。

⑦羊欣白练裙：《南史·羊欣传》载：南朝宋羊欣年十二善隶书，为吴兴太守王献之所爱重。羊欣夏日着新绢裙书寝，献之见之，书裙数幅而去。羊欣倍加临摹，书法益工。唐陆龟蒙《怀杨召文杨鼎文二秀才》："重思醉墨纵横甚，书破羊欣白练裙。"

方于鲁墨歌[①]

俞 策

太乙然青藜[②],烛龙扬朱光[③]。

雍州枯黑水[④],溟海收元霜[⑤]。

秦女远添白凤膏[⑥],麻姑或送青麟髓[⑦]。

工力往往干仙灵[⑧],于鲁之墨始出型。

坚如黑山石森削,璨如赤水珠晶焚。

珽如重圭锡夏后,规如瑞璧来虞庭。

瞥见周天列宿形[⑨],更逢出水元夷使[⑩]。

字形省识神龟画,刻镂分明绣虎纹。

裹以天孙锦[⑪],养以文豹囊[⑫]。

临池不散五云气,贯日高悬百宝光。

其中名有寥天一[⑬],非雾非烟若无质。

猎猎香吹楚泽兰[⑭],英姿色夺齐州漆[⑮]。

螺子当年乏元彩[⑯],隃糜汉日犹青泥[⑰]。

于鲁由来攻不朽,千首新诗在人口。

岂其余力殚神明,也令绝技倾前后。

俞策,生平不详。

【注释】

①方于鲁:《中国书法篆刻大辞典》:"方于鲁,明代墨工。初名大,后以字行,改字建元,歙县人。是制墨'徽派'之重要成员,与程君房齐

名。原为程君房家之墨工,后因故离程而去,自设作场,经营墨业,时人称其三十岁前所造'九玄三极墨',为'前无古人'第一墨。尝绘刻《墨谱》六卷。"

②太乙:也作"太一""太壹"。即终南山。然:同"燃"。青藜:《书·禹贡》:"厥士青藜。"孔传:"色青黑而沃壤。"

③朱光:赤光,红色光亮。

④雍州:古九州之一。《书·禹贡》:"黑水西河惟雍州。"

⑤元霜:玄霜。

⑥秦女:此指秦穆公之女弄玉。汉刘向《列仙传·卷上》:"萧史者,秦穆公时人也,善吹箫。穆公有女,字弄玉,好之。公遂以女妻焉。日教弄玉作凤鸣,居数年,吹似凤声,凤凰来止其屋,公为作凤台。夫妇止其上,不下数年,一旦皆随凤凰飞去。故秦人为作凤女祠于雍宫中,时有箫声而已。"白凤膏:语自汉郭宪《洞冥记》曰:"帝既耽于灵怪,常得丹豹之髓,白凤之膏。磨青锡为屑,以苏油和之,照于神坛,夜暴雨,光不灭。"此喻墨质。

⑦麻姑:神话中仙女,传说东汉桓帝时曾应仙人王远(字方平)召,降于蔡经家,召麻姑至,年十八九,甚美。手纤长似鸟爪。蔡经见之,心中念曰:"背大痒时,得此爪以爬背,当佳。"方平知蔡经心中所念,使人鞭之……青麟髓:青色麒麟,传说中祥瑞之兽。此喻墨。明阮大铖《燕子笺·写笺》:麟髓调,霜毫展,方才点笔题笺。

⑧干:干犯,抵触。《左传·文四年》:"君辱贶之,其敢干大礼以自取戾。"

⑨宿形:星宿之列。

⑩出水:此谓河出图、洛出书事。夷使:语自《故书》:"夷使。郑司农云,夷使,使于四夷,则行夫主为之介。"

⑪天孙:天孙星,即织女星。《史记·天官书》:"河鼓大星,……其北织女,织女,天孙也。"

⑫文豹:豹身有斑文。故称。比喻文思藻丽。

⑬寥天一:《庄子·大宗师》:"安排而去化,乃入于寥天一。"意即太

灵之境，任其自然，入于寂寥，与天合一。此指墨名。今北京故宫博物院即藏有此墨。

⑭楚泽兰：古楚地有灵梦七泽，此泛指楚地之泽。兰，香草，古代男女都佩戴以避邪。

⑮齐州漆：此指以生长在山东境内的一种落叶乔木的树汁制成的涂料。《书·禹贡》："厥贡漆丝，厥筐织文。"漆，喻黑亮。

⑯螺子：此指圆形的墨。明陶宗仪《辍耕录·墨》："至魏晋时有墨丸，乃漆烟松煤灰和为之……自后有螺子墨，亦墨丸之遗制。"元彩：即黑彩。

⑰青泥：此指青色的黏土。

翠云砚歌①

清高宗

松花江之涯,有石质坚色绿,磨而为砚不减端溪,爰以"翠云"名之而歌以诗。

松花江水西北来,摇波鼓浪殷其雷。
波收浪卷滩石出,高低列翠如云堆。
蜀相八阵此其种②,江间水流石不动。
日月临照晶光华,波涛濯洗如璧珙。
长刀槎桠绳脩蛇,刀割绳缚出滩沙。
他山之石为之碫,毡包车载数千里。
远自关东来至此③,横理庚庚绿玉篸④。
长方片片清秋水,爰命玉人施好手。
质坚不受相攻剖,磨砻几许砚乃成。
贮以檀匣陈左右,龙尾凤咮且姑置。
铜雀旧瓦今何有,自意得此迥出群。
锡以嘉名传不朽!

清高宗(1711—1799),即爱新觉罗·弘历。清朝皇帝,年号乾隆,1736—1795年在位。世宗第四子。乾隆性好游历,寄情翰墨,书法学元赵孟頫体。为政励精图治,开博学鸿词科。世为"乾隆盛世"。

【注释】

①此诗选自徐世昌著《晚晴簃诗汇》,又称《清诗汇》。翠云砚:《钦定西清砚史·卷二十二·松花石翠云砚说》:"砚为钟形,通纽高九寸,上宽三寸九分,下宽六寸四分,厚一寸四分。松花石为之。受墨处绿如翠羽。墨池作偃月形。池底及砚面俱淡黄色。砚首刻作蒲牢形,左向为纽,侧面四周俱绿黄色相间。覆手从上削下,两跗离几六分,许色黄绿相错如松皮纹。上镌'翠云砚'三字隶书中镌。上(按:指清高宗弘历)在潜邸时,所题诗一首。楷书钤宝二曰:'会心不远。'曰:'德充符。'匣盖并镌'翠云砚'及是诗,钤宝二曰:'得佳趣。'曰'乐善堂。'"翠云砚产至黑龙江支流松花江畔。

②蜀相八阵:指三国时蜀丞相诸葛亮作《八阵图》。《三国志·蜀志·诸葛亮传》:"推演兵法,作八阵图。"唐杜甫《八阵图》诗赞诸葛亮,曰:"功盖三分国,名成八阵图。"

③关东:此指山海关以东,今辽宁、吉林、黑龙江三省一带。

④庚庚:此指砚石坚实貌。《释名·释天》:"庚,犹更,坚强貌也。"玉篸:玉簪。

铜雀瓦砚歌

永 珹

阿瞒汉贼非汉臣,营窟乃在漳河滨。
铜雀高台入霄汉,参差瓦缝排鱼鳞。
太息人生只如梦①,光阴老向军中送。
分香卖履事难言②,望断西陵含隐痛。
中原劫运几沧桑,栋宇飞灰草树荒。
石墨那堪供染翰,砚材差喜发幽光。
幻化本鸳鸯,成斑亦鸲鹆。
佳品自澄泥,奇珍逾美玉。
却想觚棱金碧时,琉璃片片亚檐垂。
谁能磨盾频飞檄,但说临江自咏诗。
到今遗瓦苔斑驳,文房好倩良工斫。
君不见,建安年号记分明,汉鼎虽迁留正朔。

永珹(1739—1777),爱新觉罗·永珹,乾隆帝第四子。

【注释】

①太息人生只如梦:此句指魏武帝曹操《短歌行》诗句:"对酒当歌,人生几何;譬如朝露,去日苦多……"明罗贯中《三国演义》第四十回"宴长江曹操赋诗,锁战船北军用武"中载,建安十三年冬十一月十五日,天气晴朗曹操置酒设乐于大船之上,大宴诸将。谈笑间,闻鸦声望南

飞鸣而云。曹操时已醉，横槊立于船头，慷慨作《短歌行》。太息：指出声长叹。《楚辞·屈原·离骚》："长太息以掩涕兮，哀民生之多艰。"

②分香卖履：指东汉末，曹操临终嘱咐："余香可分与诸夫人，诸舍中无为，学作织履卖也。"参阅晋陆机《吊魏武帝文·序》。后以此喻临死不忘妻妾儿女。也省作"分香"。

"长生无极"汉瓦砚歌①

永 瑢

阿房土焦未央起,万岁千秋功莫毁。

金仙去渭荆棘芜,片瓦往往珍璠玙。

中凹上锐形式古,铜雀香姜滥觞祖②。

铸成吉语谁氏题,意取寿与金汤齐③。

长生海外方难得,炎祚巍巍永无极④。

当时慎重命将作,岂谓年深土花蚀。

汉家宫阙天下雄,襟带冯翊连扶风⑤。

候真但愿益延寿,桂馆旁峙蜚廉通⑥。

至今雍耀出耕垅⑦,铭识屡见摩挲同。

乃知颂祷赖夸饰,灵光过眼烟云空。

吁嗟此瓦沧桑阅,隶法斯邕细堪别⑧。

秦镜尘昏莽钱缺⑨,幸未磨穿劲于铁。

春风无赖荒石田,晓露不滴金茎圆。

谁能裹携直中禁,倚马更赋《甘泉》篇⑩。

永瑢(1743—1790),爱新觉罗·永瑢,乾隆帝第六子。

【注释】

① "长生无极":秦汉宫殿瓦上所刻的铭文。

② 香姜:北齐时殿阁名。明杨慎《升庵全集》中载:"曹操铜雀台瓦

已不可得，宋人所收，乃高欢避暑宫冰井台，香姜阁瓦也。"

③金汤：即"金城汤池"之省称。唐杜甫《有感》："莫取金汤固，长令宇宙新。"

④炎祚：五行家谓汉朝刘邦、宋朝赵匡胤皆为火德王，故以此称汉或宋。此指汉。

⑤冯翊：指汉左冯翊，后为冯翊郡，今陕西大荔县。扶风：指汉右扶风，后为扶风郡，今陕西凤翔县。

⑥候真但愿益延寿，桂馆旁峙蜚廉通：语见《汉书·郊祀志下》："于是今长安则作飞廉（蜚廉）、桂馆，甘泉则作益寿、延寿馆，使（公孙）卿持节设具而候神人。"

⑦雍耀：雍容光耀。虽豪华但质朴，此指宫殿瓦。

⑧斯邕：此指秦相李斯、汉时蔡邕。

⑨秦镜：秦汉时的铜镜。莽钱：此指汉新朝王莽时，改革币制所铸之钱。

⑩《甘泉》：此指汉扬雄所著《甘泉赋》。《汉书·扬雄传（上）》："（上）召雄待诏承明之庭。正月，从上甘泉还，奏《甘泉赋》以风……天子异焉。"

万历十年龙文九子墨①

奕譞

麝元香拟熙丰世②,龙文脊肖廷珪制。
翠黛泥金焕若新,雀屏已改青云第③。
好事何代无昌言,胡郎承晏评渊源④。
一朝投赠黔川品⑤,月团声价逾瑶璠。
开缄细楷标壬午⑥,摩挲深慨争门户。
大奄披猖焰旋消⑦,群工斋醮心诚苦。
就中独惜张江陵⑧,冰山十载徒崚嶒⑨。
起衰振堕千秋业,好誉居功一字矜⑩。
是年朝政如麻乱,新昌彭泽纷凋散⑪。
白简青词事叠更⑫,苍崖黄犬心三叹⑬。
盈庭抨击祸何深,是非颠倒争驱侵。
阃外长传纪效法⑭,宫中犹榜肃雍箴⑮。
缅怀砺锐霜毫引,睢阳一斗应立尽⑯。
不道葛囊沦落余⑰,尚留乌玦同高隐。
飞扬鳞鬣气如兰⑱,珍比渑池赵璧完。
吁嗟十顷田芜久,未抵松烟墨一丸。

奕譞(1840—1891),爱新觉罗·奕譞,宣宗道光皇帝第七子。道光三十年(1850),封为醇郡王。

【注释】

①万历：明神宗朱翊钧年号（1573—1619）。龙文九子墨：墨名。古时祝贺婚礼之物。《初学记·墨》引汉郑众《婚礼谒文赞》曰："九子之墨，藏于松烟，本姓长生，子孙图边。"

②熙丰：兴盛富裕。

③雀屏：指择婚许婚之事。语见《旧唐书·后妃传（上）·高祖太穆皇后窦氏》："（窦毅）谓长公主曰：'此女才貌如此，不可妄以许人，当为求贤夫。'乃于门屏画二孔雀，诸公子有求婚者，辄与两箭射之，潜约中目者许之。前后数十辈莫能中。高祖后至，两发各中一目。毅大悦，遂归于我帝。"青云第：此指皇宫禁地。

④胡郎：当指元时陆友著《墨史》。承晏：参阅前注。

⑤黟川：汉县名。即今安徽黟县。

⑥壬午：指年份。

⑦大奄：骤然。宋司马光《祭齐国献穆大长公主文》："遐福未终，大期奄及。"披猖：犹飞扬。唐唐彦谦《春深独行马上有作》诗："日烈风高野草香，百花狼藉柳披猖。"

⑧张江陵：指张居正（1525—1582），明时臣。字叔大，号太岳，湖北江陵人。嘉靖进士。穆宗初与高拱并相。穆宗死，与宦官冯保合谋逐高拱成首辅。神宗年幼时，主持国事。神宗称其为"元辅张少帅先生"。时军政腐败，危机四伏。他为挽救明王朝，大力进行改革，选贤任能，整饬吏治；农业上实行"一条鞭"法，治理黄淮水患等，为政十余年，成绩显著。著有《张文忠公全集》。

⑨冰山：此喻不可长久依赖的靠山。

⑩一字矜：指张居正《一条鞭》法。

⑪新昌：县名。属浙江省。澎泽：县名。属江西省，因澎蠡泽而称。

⑫白简青词：古时指弹劾官员的奏章。宋陆游《送杜起莘殿院出守遂宁》："白简万言几恸哭，青编一传可前知。"

⑬苍崖黄犬心三叹：苍崖，指深青色的山崖。黄犬心三叹：黄犬叹，

指秦相李斯临刑时,慨叹不能牵黄犬出猎。喻居官得祸。明高启《哭临川公》:"竟成黄犬叹,莫遂白鸥期。"

⑭阃外:指京城或朝廷以外,外任将吏驻守管辖的地域与朝廷作对。此指当时反明的起义。

⑮肃雍:雍肃,和睦庄重。《旧唐书·良吏传·冯元常》:"元常闺门雍肃,雅有礼度。"

⑯睢阳:古地名,故址在今河南商丘。

⑰葛囊:指以葛为原料制成的布袋。

⑱鳞鬣:指龙的鳞片和鬣毛,比喻美妙的文辞。

喜得唐子西砚周涧东孝廉检示《贵耳集》赋谢[①]

乌尔恭阿

孔云友多闻[②]，涧东我益友。
告以古砚铭，《贵耳集》载久。
北宋唐子西，篆刻俱名手。
赖君学渊源，赋诗传不朽。
喜极忘效颦，犯晓诗筒走[③]。
旧畜宣和鹦[④]，歙石颇不丑。
两砚都非常，或有鬼神守。
暇当就我看，无归饮我酒。
食肉亦何俗[⑤]，杯盘罗荪韭[⑥]。
雄谈受益多，循循犹善诱[⑦]。
昨许镌一行，高朋能运肘。
为篆石琴藏[⑧]，嘉庆岁丁丑[⑨]。

乌尔恭阿（1778—1846），爱新觉罗·乌尔恭阿，初名佛尔果崇额，袭爵，诏改名。号石琴主人。郑恭亲王爱新觉罗·积哈纳第一子。著有《石琴室稿》《易水往还稿》。

【注释】

①唐子西：北宋砚工，生平不详。宋高似孙《砚笺》载"唐子西砚"曰："笔之寿日，墨之寿月，砚之寿世，何也？静也，吾得养生焉。以钝

为体,以静为用,唯其是然,是以永年。"周涧东孝廉:生平不详。《贵耳集》:宋代张端义(1179—1248后)撰。端义,字正夫,自号荃翁。

②孔云友多闻:语本孔子《论语·季氏》:"孔子曰:益者三友,损者三友。友直、友谅、友多闻,益矣;友便辟、友善柔、友便佞,损矣。"

③犯晓:犹破晓,黎明。诗筒:亦作"诗筩"。指盛诗稿以便传递用的竹筒。

④宣和鹦,指宋宣和年的"鹦鹉样"砚。宋唐积《歙州砚谱》载:"名样……犀牛样、鹦鹉样、琴样……"

⑤食肉:此谓做高官或封侯。宋黄庭坚《戏呈孔毅父》:"管城子无食肉相,孔方兄有绝交书。"

⑥菘韭:指白菜和韭菜。《南史·周颙传》:"文惠太子问颙菜食何味最胜,曰:'春初早韭,秋末晚菘。'"

⑦循循犹善诱:循循善诱,语本《论语·子罕》:"夫子循循然善诱。"以谓教导有方。

⑧石琴:乌尔恭阿号"石琴主人",著有《石琴室稿》。

⑨嘉庆:清仁宗爱新觉罗·颙琰年号(1796—1820)。丁丑:为1817年。

黄石斋禊序砚[1]

乌尔恭阿

此砚今应惜,斯人正不阿。
豺狼侵道路,矛戟盗山河。
岁纪明嘉靖,书临晋永和。
岂知当末造,弹劾五陵多[2]。

【注释】

[1]黄石斋:黄道周(1585—1646),字幼平,(或作幼玄),一字螭若,号石斋。福建漳浦人。天启二年(1622)进士,官至礼部尚书。学识渊博,精书法,善绘画,诗文别具面貌,著述甚富。"以文章风节高天下,学贯古今"(《明史》)。著有《易象正义》《石斋集》等。禊序砚:指刻有晋王羲之《兰亭序》文的砚石。

[2]五陵:即汉皇帝陵墓长陵、安陵、阳陵、茂陵、平陵、周围居富家豪族。后诗文中以此作豪门贵族聚居之地,此诗谓豪门贵族。唐李白《少年行·二》:"五陵少年金市东,银鞍白马度春风。"

灌瓦研诗

李元鼎

余家有古研，得之金陵老友薛更生，其世藏也。研形五瓣若梅花，色如金粟藏经纸，中边血斑、翡翠隐起似出土铜，叩之作金玉声。细腻发墨亦奇珍矣。相传为灌婴庙瓦①，洪容斋守赣时，获于雩庙②。左池㝩③为《研铭》以章之，语载《续笔》中。辛丑秋日，余偶游雩阳，考郡邑志益信。志云：研重十斤，刓阙两角，其光沛然，色正黄。余砚光色则同，但厚止二寸许，重不及十之一二。岂后人剖而成器，不止余之一研邪。

梅花研久伴灯青，金质黄流范古硎④。
汉代何人寻灌垒，雩阳有志纪洪铭。
方之铜雀歌钟远，润以玉蜍战血荧。
珍重传家供翰墨，毋烦端歙斫山灵。

李元鼎（生卒年不详），字梅公。江西吉水。明天启二年（1622）进士。历官光禄寺少卿，入清官至兵部右侍郎。著有《石园全集》。

【注释】

①灌婴（？—前176年）：睢阳（今河南商丘）人，以贩卖丝绸为生。秦末时随刘邦起兵，骁勇善战，赐号"昌文侯"。汉朝立，封"颍阴侯"，官车骑将军。后与周勃灭吕迎立汉文帝，官太尉、丞相。

②雩：县名。当指明清赣州府的雩都，也称雩阳，今属江西。

③窾:挖空,掏空。犹刻阴款。
④范:模范。《说文·竹部》:"范,法也。"

题启南先生莫斫铜雀砚图[①]

曹 寅

未央宫中一尺瓦,不知遗恨漳河下。

锡花雷布谁作模,鸳央离合无真假[②]。

阿瞒心雄天厌足,平生只欠西陵哭。

飞来铜雀亦辜恩,可怜难覆如花肉[③]。

与奸作瓦罪莫辞,与人作砚遭磷淄。

粉身何惜鹿卢碎[④],渴笔恐辱屠沽儿[⑤]。

隐君正史先救砚,《麟经》独炳丹青传[⑥]。

君不见,琼林宝藏无不收,王莽之头斩蛇剑[⑦]。

曹寅(1658—1712),字子清,号楝亭,又号荔轩。汉军旗人。历官通政使、两淮监政、善骑射,能诗及词曲。是《红楼梦》作者曹雪芹祖父。著有《楝亭诗钞》。

【注释】

①启南:明吴门画派,"明四家"之一沈周之字,号南田。曾作《莫斫铜雀砚歌》。参见前注。

②鸳央:鸳鸯。

③花肉:指铜雀瓦上的斑痕。

④鹿卢:鹿卢剑,古剑。《汉书·隽不疑传》载:"古长剑首以玉作井鹿卢形,上刻木作山形,如莲花初生未敷时。今大剑木首,其状似此。"

⑤屠沽儿:亦作"屠酤儿"。指以屠牲沽酒为业者。亦用来对出身微贱

者的蔑称。语见《后汉书》卷八十下《文苑传·祢衡传》。

⑥《麟经》：《麟史》，指《春秋》。

⑦斩蛇剑：《史记·高祖本纪》，载汉刘邦起事前曾醉行泽中，遇大蛇当道，遂拔剑斩之。《汉纪·高祖纪赞》："焚鱼斩蛇，异功同符，岂非精灵之感哉！"

端州采砚行

方登峄

紫云砚采端州畔，端州城峙牂牁岸①。
峡束羚羊复北趋，十里青山耸天半。
山腰有穴仅容人，山脚端溪流㳽㳽。
溪源暗与穴凹通，积水灌中泥不暵②。
瓠匏往汲如传杯③，水枯石出寒云散。
豚膏然纸匍匐行④，旭日无光晓不旦。
俯身直入中渐宽，东西中洞三途判⑤。
西洞望之皆却足，铲凿伤崖崖欲断。
中洞东洞半里穿，岩壁嶙峋起玉案。
上岩石质艳且纯，马肝色比朝霞灿。
质润色青分中岩，不及下岩居其冠。
微白冉冉淡秋光，抚手摩之生石汗。
石髓精华结渊底，生成独与水为伴。
七晕九晕鸲鹆眼，微尘细藻秋花乱。

  鸲眼或五晕、七晕、九晕，晕数有奇而异偶。有晕无睛者，谓之死眼，有睛若溃者，谓之泪眼。黄白色者，鸦眼；长者象眼；圆而绿者鸲眼也，置水中若蘋藻浮动，其内曰青花。二者惟下严砚借之，余者无。

欲散不散氤氲生，亘虹气聚黄龙贯⑥。

石纹有黄而长,亘其上者曰黄龙。

蕉叶凝脂鱣血红,雀点斑斑洒墨翰。

白而润者曰蕉叶,白旁色赭者曰鱣血,边点墨癜相比者曰雀斑。

细粟丹砂玉带长,绿匀翡翠苔花曼。

红若粟者曰朱砂,斑白凝于绿,纤而长者曰玉带,凝绿若洒汁者曰翡翠。

奔为火捺聚金钱,绛云割取分霄汉。

紫气奔而散者曰火捺,纹聚而圆若轮者,曰金钱。

水冲石蚀虫啮余,黄金细缕添宫线。

石澜盘旋若墨池者曰、虫蚛,纹黄龙之细若缕,曰金钱。

三岩辨色色不同,璺瑕无掩莹光面⑦。

朝天岩产阿婆滩,硗砢易紊玫环衔⑧。

朝天岩、阿婆滩,皆产石亦佳,易与水岩混。

西坑北岭屏风山,披离败锦松纹见。

西坑、北岭、屏风背皆有石或红、白模糊如败锦,或间道如松纹,下品也。

宣崖虎患采者稀,坑远梅花质尤贱。

宣德崖,在屏风山半,宣德年所开,品居朝天岩上而不及水岩。梅花坑,去端溪四十里,产石多鸲眼,至数十百,光滑而易裂,石之最下者也。

什袭琉璃百砚充,不及水岩余一片。

香山宰相何吾驺粤制府吴伯成前后开岩相继武。

钩索不惜捐千金,尺寸蓝田杂硎砮⑨。

日役黄冈数十人,

黄冈去端州十里，村人以取砚为生。此砚薮也。

胥吏督程运斤斧。

匿好献丑工师情，荆璞由来能预剖。

迂性生平有砚癖，操舟三泊黄冈浦。

比户千家琢石声，村民恃此充篝釜。

购得下岩六寸余，五星灼耀东南聚。

色和容暖融春膏③，昭仪臂滑罗襦舞。

莹洁神凝太液冰，生气濛濛时欲雨。

缇缃十重等鸿宝，磨砻搜辑心良苦。

产者无多购者多，山灵侧耳听我歌。

砚兮砚兮慎所择，须向石渠虎观⑪挥毫，

驰骋帝王侧；

否则穷深山，游大泽，枕图书而倚岩阿，

供高人文士淋漓纷葩之笔墨；

毋入富豪丛，毋使市儿窃，终古风尘埋玉玦。

砚兮砚兮生莫竭，常使霄汉之间饶奇物。

待我他年此地续旧游，买船载石神术移山向吴越。

方登峄（生卒年不详），字凫宗，号屏垢，安徽桐城人。贡生，官工部主事。著有《依园诗略》《星砚斋存稿》《如是斋集》等。

【注释】

①䑩舸，也作“䑩柯”。船只停泊时用以系缆绳的木桩。

②暵：干枯。《诗·王风·中谷有蓷》：“中谷有蓷，暵其干矣。”

③瓠罂：一种小口大腹盛水的瓶子。

④豚膏：猪油。

⑤三途：三条道路。

⑥亘：。连续不断之意，《文选·汉班固（孟坚·西都赋)》："北弥明光而亘长乐。"

⑦璺瑕：裂纹。《方言》第六："器破而未离谓之璺。"

⑧碝砢：指次于玉的美石。《史记·司马相如列传》："蜀石黄碝，水玉磊砢。"碝，也作"礝"。玫环：玫瑰。

⑨硎砮：此谓坚硬的石坑。砮，可制箭镞的石头。

⑩暖：温暖。

⑪石渠：石渠阁，西汉皇室藏书之处。虎观：白虎观的简称，汉时宫中讲论经学之所。南朝梁刘勰《文心雕龙·时序》："及时帝叠耀，崇爱儒术，肆礼璧堂，讲文虎观。"

端 砚①

黄 任

羚羊峡暗秋月高,紫云一片沈江皋。

欲散不散能坚牢,风纹水纹相周遭。

穷渊蕴结而甄陶,石工下锤斤斧操。

诛求窟穴驱鲸鳌,羊肝鲜割微腥臊。

扪不留手濡其膏,白叶芭蕉青葡萄。

中有浮动千溪毛,纱帷画静松风飔②。

琉璃匣底鸣嘈嘈,夜郎之波牂牁涛③。

百川砥柱归宣毫④,赓金石声宁非豪⑤。

黄任(1683—1768),字莘田,又字于莘。福建永福人。康熙壬午举人。官四会知县,善诗词,工书,有砚癖,自号"十砚先生""十砚翁"。著有《香草斋诗集》等。

【注释】

①端砚:参阅前方登崞《端州采砚行》诗注。

②飔:形容风声。

③夜郎:汉时我国西南地区古国名,泛指今贵州、云南、四川三省的部分地区。明何景明《送曹瑞卿谪寻甸》诗:"作赋投湘水,题书寄夜郎。"牂牁:即夜郎国。

④宣毫:指宣城之笔。

⑤赓:继续。赓,也是"绩"的本字。

汉元砚歌

李茹旻

　　康熙二十九年庚午春，余得此砚，石色深黑，长尺许，广五寸，厚可三寸，坚润无两，光可鉴物，著手即汗。上一池，一龙蟠之足皆三爪。中受墨处稍洼，环晕微有墨渍小孔，四隅觚棱渐没两墙。款识皆小楷，右偏。序云："武德四年（按：唐高祖李渊年号，为公元621年），上开弘文馆，臣在陪从。上命写《列女传》，于屏。上嘉赏旋赐'汉元砚'，受以归。遂铭焉。"铭曰："不磨者神，可传者形。形神并妙，天地长贞。君恩申锡，有永其珍。虞世南识。"下有私印。砚阴中虚，四围轮郭肉好，上镌"汉元"二字，体系小篆。下雕一象凸出，制亦浑朴。按谷永《讼陈汤疏》有："汉元以来，征伐方外之将未尝有之"语，则此汉元当系制作年代。盖汉初无年号。史记高祖入关，立为汉王，称"汉元"年。意即此时所造。萧何经纪周到，百物具备，悉极精良，故能有此。又，小篆始于李斯，汉初"六书"尚仍秦旧，亦其证也。至虞永兴楷书历取数帖较之，笔法略同，觉其丰神更胜，当非赝质。又，其石最重，体段无多，重至十有二斤亦所稀觏。因珍藏之，为作此歌。或疑大内之物，何以龙非五爪？客有曰：龙五爪，大内通用物也。上所以亲御者，特用三爪，取通三才之义，亦以少为贵者耳。又曰：上用五爪，太上用三爪。二说未知孰是，并附记之。

　　巨璞胚胎饱精液，光怪迸起昆仑圻。
　　元气淋漓沧溟窄，岳祇骇走神工擘。
　　阳九方回祖龙厄，谁其获者帝子赤。
　　西京制诏多乃绩，真宰上诉天应惜。

未央烟焰将炎赫，雷电晦冥失踪迹。

太原公子握天策①，流转依然在宫掖。

中垒遗编亡故册，诏行秘书书屏衔。

书罢只字无差忒，帝嘉五绝声啧啧②。

稽首拜赐归第宅，纪恩镌铭深镂刻。

六十三字钗股划，一字可抵南金百③。

至今桑海几变易④，神物总呵无缺隙。

中磨研处稍洼泻，千年墨蚀龙香碧。

顾我涂鸦涩如棘，书法懒学由夙昔。

远愧前贤妙钩画，安用联坳各尽墨。

徒尔嗜古有奇癖，钦此宝物世希得。

为置左右图书侧，玉润金坚照颜色。

吁嗟万物会有役，精爽一片肯虚掷。

方今上有圣明辟，补天何当助微砾。

李茹旻（1659—1739），字覆如，号鹭洲。江西临川人。康熙癸巳进士，官内阁中书。善诗，俊迈有奇气。著有《二水楼诗集》等。

【注释】

①太原公子：指隋末太原留守李渊的公子李世民和唐末晋王李克用的公子李存勖。二位公子均生逢乱世、聪明勇决、识量过人，辅佐父辈坐拥天下，成为一代有作为君王。尤以李世民公子，是当时封建帝王中的文治武功并盛之"政治完人"。后来"太原公子"一词成为封建皇族中最有出息的皇子的代称。

②五绝：指初唐书法家、诗人虞世南。唐太宗称"世南一人，有出世

之才,遂兼五绝。一曰德行,二曰忠直,三曰博学,四曰文词,五曰书翰"。以上指唐太宗令其写《列女传》屏风事。详见《新唐书·虞世南传》。

③南金:喻优秀杰出的人才。晋时张华以薛兼、纪瞻、闵鸿、顾荣、贺循称之。

④桑海:即沧海桑田,以喻世事变迁。晋葛洪《神仙传》:"麻姑自说云:'接侍以来,已见东海三为桑田。向到蓬莱,水又浅于往者会时略半也,岂将复还为陵陆乎?'"

王文成断碑砚歌①

刘 纶

谈兵早佩威宁剑②,谪官独抱端明砚③。
端明匪砚是断碑,割剩天边紫云片。
十二字余墨妙诗,节角依然露生面。
丞哉丞哉定谁负,镌名钤印相矜衒。
蛮烟瘴雨久沈霾,重扪十指精神见。
乃知古之学道人,定力非关出研炼④。
君不见,江岸衣冠匿影过,
几曾寥廓扦虞罗⑤。厥后大功溃成九华坐⑥,
闻召即至回谴诃⑦。此时此砚百遍凭摩挲。
想当下南昌,檄书快意蠲宿疴⑧。
及其归阳明,语录微指醒群魔。
而于学道之人一一若无预。
儒林将相史策分科,何来高第弟子入室还操戈。
逆阉固无论⑨,张桂庸足苛。
只合携持二松四槐日对哦。
请因公砚质疑义,石不可转墨可磨。

刘纶(1711—1773),字如叔,号绳庵,江苏武进人。诸生。乾隆丙辰召试博学鸿词,授编修,官至文渊阁大学士赠太子太傅。著有《绳庵内外集》。

【注释】

①王文成：指王守仁（1472—1529），幼名云，字伯安。浙江绍兴余姚（今属宁波）人。明代著名的哲学家、思想家、政治家、军事家。官至南京兵部尚书、都察院左都御史。是与孔、孟、朱并称的影响最大的哲学家。他的阳明心学，发展了孔孟学说，对后世影响巨大。著有《王阳明全集》《传习录》《大学问》等。自号阳明子，学者称之为阳明先生。亦称王阳明。谥文成，故后人又称"王文成公"。参见《明史》。

②威宁：即威宁彝族回族苗族自治县，今属贵州毕节市。王守仁曾被贬贵州，"龙场语道"在此。参见《王阳明传》。

③谪官：指古时被贬降的官吏。端明：正直聪明。

④定力：佛教语，佛教认为佛和菩萨有十种法力，其三为定力，意为坚信精进，专忍坚定之心。《无量寿经》："定力慧力，多闻之力。"

⑤虞罗：指掌山泽之虞人所张设的罗网。扦：插。

⑥九华：指九华山。为我国"佛教四大名山"之一。九华坐，指悟道。

⑦谴诃：谴责呵斥。

⑧蠲宿疴：治疗久时的疾病。此指当时的社会矛盾。

⑨逆阉：也作"逆奄"，指弄权作恶的宦官。

太初古甓凿砚歌①

高凤翰

侏儒饱死臣饥死②，老朔殿上呼天子③。
稽首顿首玉阶前④，玉花一片随朔起。
流传人代入吾曹，刮垢磨光见肌理。
蟠云郁作葡萄团，簏簌累垂万颗紫⑤。
断角残印半未真，太初之字犹可指。
双题并行纪宫名，宫字空存亡其尾。
摩挲对客发长吁，此君阅人应多矣。
圻痕啮土蚀古花，几入荒坟几战垒。
我凿作砚伴书生，不雕不琢存其始。
贮墨一石饱霜毫，斗酒犹堪注汉史⑥。

高凤翰（1683—1749），字西园，亦作西亭，号南邨，也作南阜、云阜，也偶题署用珠道人、石道人、大珠山人、废道人等号。山东胶州人。官至歙县丞署知县。工诗善画，为"扬州八怪"之一。尤以篆刻治砚、藏砚千余方。著有《砚史》《南阜山人全集》等。

【注释】

①太初：指太古时期。亦作"大初"。古甓：古砖。《诗·陈风·防有鹊巢》："中唐有甓，邛有旨鹝。"马瑞辰通释："甓为砖。"

②侏儒：指身材特别矮小的人。此当指奸臣宦官。

③老朔：生平不详。

④稽首：古时一种跪拜礼，叩头至地，是九拜中最恭敬礼。顿首，是以头叩地即举而不停留。

⑤簁簌：下垂貌。

⑥斗酒犹堪注汉史：犹"汉书下酒"。宋龚明之《中吴纪闻·苏子美饮酒》载，宋苏舜钦每晚读书，都要喝一斗酒。读《汉书》时，常常一大杯一大杯地喝。他岳丈杜衍听说，笑道："有如此下酒物，一斗诚不为多也。"

邱芷房编修庭漋赠"长生无极"瓦砚①

叶观国

瓦当文字录者谁，百十二种形模奇。

"长生无极"乃其一，云是阿房旧宫之所遗。

自从铜雀香姜收作砚，鼍矶龙尾名空驰②。

埏埴况在汉魏上③，笔法颇疑丞相斯。

编修校士向关陇④，轺车来往骊山陲⑤。

蕲年兰池访陈迹⑥，但余瓦砾萦荆茨。

偶然拾自清渭湄⑦，制为墨沼苍璆姿⑧。

匣装毡裹远饷我，重之奚翅十朋龟⑨。

我闻羽阳之瓦出荒垄⑩，流传艺苑如《韩碑》⑪。

甘泉一枚夸创获⑫，当年群雅留歌诗。

岂意神物兴有时，珠联璧合何累累⑬。

纷纶延寿益寿字，郑重亿年万岁辞。

秘文吉语为国瑞，何异器车银瓮祥姚姬⑭。

我为墨磨双鬓丝，无多来日徒嗟嘻。

晴窗拂几看砚背，死籍可落应轩眉⑮。

冷金细拓侑石鼓⑯，井华新汲研隃糜。

老来懒事虫鱼注，持写《黄庭内景》师杨羲⑰。

叶观国（1720—1792），字毅庵，一字家光。闽县（今福建闽侯）人。乾隆辛未进士改庶吉士，授编修。历官侍读学士。著有《绿筠书屋诗钞》。

【注释】

①邱芷房：生平不详。

②鼍矶：鼍矶石砚，产于山东蓬莱海中鼍矶岛，色青黑，质坚，为砚甚佳。偶有金星雪浪纹者，最不易得。宋唐询《砚录》作："驼基。"

③埏埴：和泥制作陶器。《老子》："埏埴以为器。"

④关陇：指关中（陕西）和甘肃东部一带。《后汉书·公孙述传》："今汉帝释关陇之忧，专精东伐，四分天下而有其三。"

⑤轺车：指使者和朝廷急命宣召者所乘之车。《晋书·舆服志》："轺车，古之时军车也，一马曰轺车，二马曰轺传。"骊山，在陕西临潼，因古骊戎而得名。秦时筑阿房宫。秦始皇葬于骊山。

⑥蕲年：秦宫殿，一名祈年宫。故址在今陕西凤翔。《史记·秦始皇本纪》："（长信侯毐）将欲攻蕲年宫为乱。"兰池：指汉时兰池宫。《文选·晋潘岳·西征赋》："北有清渭浊泾、兰池、周曲。"

⑦湄：岸边，水和草相接之地。《诗·秦风·蒹葭》："所谓伊人，在水之湄。"

⑧苍璆：青翠色的美玉。璆，同"球"。

⑨奚翅：何止，岂但。《孟子·告子》（下）："取食之重者与礼之轻者而比之，奚翅食重？"亦作"奚啻"。十朋龟：此指新王莽铸币十朋龟。《汉书·食货志》："王莽作金银龟贝钱布之品……十朋公龟九寸，直五百为壮贝……"

⑩羽阳：《汉书·地理志》："右扶风县陈仓有'羽阳宫'，秦武王起也。"《佩文韵府·书苑》："近有长安民献羽阳宫瓦十余枚，若今人筒瓦，然首有'羽阳千岁''万岁'字。"

⑪《韩碑》：指唐韩愈撰写的《平淮西碑》。唐宪宗时，蔡州刺史吴元济反于淮西，宰相裴度及唐、随、邓节度使李愬受命讨伐，平定叛乱。时

韩愈为行军司马，平淮后，因功受刑部侍郎，并奉诏撰《平淮西碑》文颂其功绩，故称之。唐李商隐有《韩碑》诗一首，述其事。

⑫甘泉：指甘泉宫。

⑬珠联璧合：《汉书·律历志》："日月如合璧，五星如连珠。"喻众美毕聚，完满无缺。

⑭姚姬：指相传虞舜姓姚，姬指周文王姬昌。《宋书·礼志三》："盖陶唐、姚、姒、商、姬之主，莫不由斯道也。"

⑮死籍：指谓阴司登录人死期的册籍。唐白居易《寄卢少卿》："《老》诲心不乱，《庄》诫形太劳。生命既能保，死籍亦可逃。"轩眉：扬眉，形容得意之状。

⑯侑：劝、辅助。《诗·小雅·楚茨》："以为酒食，以享以祀，以妥以侑，以介景福。"

⑰《黄庭内景》：指《黄庭内景经》，是《黄庭经》之一。东晋王羲之书有《黄庭经》帖，世为小楷之范。杨羲（330—386）：东晋时吴人。后居句容（今属江苏），字羲和。少好学、工书画，自幼有通灵之鉴。为道教上清派创始人之一。宋宣和年间敕封为"洞灵显化至德真人"。

二砚歌

钱 载

文信国公"玉带生砚"在内城①,携谢文节"桥亭卜卦砚"访之②,并陈于几而作歌。

昨见文节桥亭砚,却思玉带生未见。
悠悠人海人岂知,岂知信国砚在斯。
二公英灵亘天壤,相友相于日来往。
二砚相望五百年,嘉会之礼无因缘。
得邀谢砚访文砚,是有鬼神非偶然。
文山砚在叠山右,端州洵坚歙不后。

(按:信国公砚铭云:磨尔之坚兮。桥亭卜卦砚程文海铭云:不食而坚。)

此几此几逢今辰,此堂此堂记春昼。
炷香敬为双忠悲,再拜恭惟两丈寿。
丹心诗未题零丁,伯颜兵未趋皋亭③。
公方性豪厚奉己,砚亦务寡稀劳形。

(按:信国公砚铭虽未纪岁月,要是在平居勤王之前。)

转茶坂头初旅食,建阳市上罕交识④。
公只麻衣哭向东,砚应黧面愁占北。
何荣何悴贞节同,见二砚不见二公。
墨而拓铭即钟鼎,匣而分手仍萍蓬⑤。
堂闲几净意缱绻⑥,一片清气留虚空。

钱载（1708—1793），字坤一，一字根苑。号瓠尊，晚号万松居士，浙江秀水人。乾隆十七年（1752）进士，改庶吉士，散馆授编修。官至礼部左侍郎。精诗、工书、善水墨，尤工兰竹。著有《萚石斋诗文集》等。

【注释】

①文信国公：文天祥（1236—1282）。字宋瑞，履吉，号文山。吉州吉水（今江西吉水）人。宝祐四年（1256）二十岁时举进士，宋理宗亲拔第一。历知瑞、赣，后除右丞相兼极密使，卫王立，加少保。封信国公。南宗末年主政，领导抗元。景炎三年（1278）被元兵所败被俘。作诗《过零丁洋》，以"自古人生谁无死，留取丹心照汗青"明志。又作《正气歌》千古绝音，悲壮感人。至燕，不屈而死。工书法，善文辞，画亦精妙清劲。著有《文山先生全集》。玉带生砚，请参阅前张宪《玉带生歌》。

②谢文节：当指谢翱，字皋羽，自号晞发子。详见后吴嶙《谢文节公卜卦砚歌》。

③伯颜：巴延（1236—1294）蒙古八邻部人，忽必烈时任中书左丞相，是率兵南下灭宋的主帅。皋亭：山名，今浙江杭州北郊。南宋时为临安防守要隘，元兵至，宋君臣在此投降。俗称"半山"，也作"皋亭"。

④建阳：古县名，在今福建省西北部。

⑤萍蓬：浮萍飘蓬。喻行踪转徙无定。

⑥缱绻：纠缠萦绕，固结不解。《诗·大雅·民劳》："无纵诡随，以谨缱绻。"

南唐官砚歌

背镌皇祐三年欧阳文忠记

翁树培

百六十字辉星躔①，永叔所得原叔传②。
我从皇祐溯保大③，后先俯仰已百年。
宋兴百年盛文治，龙图学士登集贤。
搜碑手题《集古录》，传信新订薛史编④。
夷陵舟中伴行笈，玉堂儤直供丹铅⑤。
回思初得二十载，双桂楼下屏风前。
牡丹姚黄谱京洛⑥，鸲鹆眼晕摹方圆。
公时南京作留守，此砚先已来应天。
沈湮弃置忽显豁，押尾小印精雕镌。
升平回首忆畴昔，江南野老词凄然。
自言幼时尝及见，金陵旧有负郭田。
先朝元宗重文史，缥缃器具能精妍。
承明石渠富珍秘⑦，廷珪之墨澄心笺。
是时歙州置砚务，饩廪月给唐国钱⑧。
龙尾山头劚苍骨，罗纹坑底淘清泉。
尚方岁取有程课⑨，箕裘世业弥精专⑩。
溪流渐湮山脉断，沧桑变后岁月迁。
摩挲此砚三叹息，无端枨触增流连⑪。

一代繁华说江左⑫，万古灵秀锺山川。

李少微名漫题记，谢景山瓦曾周旋⑬。

翁树培（生卒年不详），字宜泉。北京大兴人。乾隆丁未进士，改庶吉士，授编修。历官刑部员外郎，著有《翁比部遗诗》。

【注释】

①百六十字：指题注"欧阳文忠记"文。星躔：指日月星辰运行的度次。

②原叔：王洙（997—1057），字原叔，应天宋城（河南商丘）人。天圣进士，擢天章阁侍讲、翰林学士。知濠、襄、徐、亳等州，并出使契丹。博览学富，阴阳五行、算数、音律、训诂等无所不通。校《史记》《汉书》、预修《崇文总目》《国朝会要》《集韵》等。宋仁宗时，参与制定明堂礼仪、雅乐制度。

③保大：五代十国南唐中宗李景年号（943—957）。

④新订薛史编，指宋欧阳修撰《新五代史》，以别于薛居正《旧五代史》。

⑤僝直：官吏连日值宿。唐李肇《翰林志》："凡当直之次，自给舍丞郎入者，三直无僝……其余杂入者，十直三僝"。宋王禹偁《赠浚仪朱学士》："何时僝直来相伴，三入承明兴渐阑。"

⑥牡丹姚黄谱京洛：此指宋欧阳修所撰《洛阳牡丹记》。姚黄：为宋时姚姓人家培育的千叶黄花，是牡丹中的名贵品种。还有魏紫，是五代的魏仁溥家培育的千叶肉红花。后以"姚黄魏紫"为牡丹佳品的通称。

⑦承明：古代天子左右路寝称承明，因承接明堂之后。

⑧饩廪：指古时官府发给的作为月薪的粮食。也指薪俸。亦作"饩禀"。

⑨程课：指征发赋税徭役。《逸周书·大匡》："程课物征，躬竞比藏。"

⑩箕裘：《礼记·学记》："良冶之子，必学为裘。良弓之子，必学为箕。"谓由于耳濡目染，子弟往往继承其父兄之业。喻其祖上的事业。

⑪怅触：感触。

⑫江左：指长江下游以东地区，今江苏省一带。古人叙地理以东为

左，以西为右。

⑬谢景山瓦：宋欧阳修有《答谢景山遗古瓦砚歌》诗。参阅前。

二砚窝歌①

叶 燕

荥阳老死埋双砚②,蚀尽土花色不变。
讲堂卜筑忽吐奇③,珍重题名世争羡。
渊源近溯幻江村④,三绝风流承一线。
平生结邻万石君,虢州割得东坑片⑤。
当年西署供酸磨,风霜驱作云霞缦。
后来一麾天南陲,犹胜司户台州窜⑥。
簿书无事鞭朴间⑦,千兔饱霜逐飞电。
归携石叟伴征桡,卧看烟岚出晴案⑧。
可怜词场竟疏阔,百年远受祝融谴。
灵物终须鬼神护,留作云仍香一瓣⑨。
萧条异代复异族,什袭堂中同纪甗⑩。
何况骨肉一气通,余烬拾来归簏衍⑪。
摩挲作歌志终始,改辟新规还旧观。
润沾亭畔半生泽,光映阁中二老面。
(按:半生亭,二老阁皆高州所筑。)
自是伯孙述祖德,岂比彦猷招客玩⑫。
我尝落帆造其窝,俯仰拂拭发长叹。
人生学业相砥磨,正在接续凄凉见。
草生书带昔葳蕤⑬,云起墨池今华绚⑭。

荥阳遥矣高州迩[15]，二砚窝中一以贯[16]。

叶燕（生卒年不详），字载之。又字再紫，号次菴，一号白湖。慈溪人。嘉庆戊午举人，候选教谕，著有《白湖诗稿》。

【注释】

①砚窝：即古时研墨之石。最早的研墨工具或称砚，是考古工作者在陕西临潼姜寨遗址中发现的一种（套）绘画用器具，其中有带盖的石研，研面呈凹形，凹处有一石棒，或称砚石，砚旁还有黑色的颜料和一陶质水盂。仅以目前考古资料而论。这件具有五千年历史的出土文物可称砚之始祖，除此仰韶文化时期的发现，还有西安半坡遗址中，宝鸡北首领地的文化遗存中均能找到实证。

②荥阳：县名，在河南省，秦末时，楚汉两军曾相持于此。

③卜筑：择地建屋。

④幻：此指疑惑。

⑤虢州割得东坑片：虢，本为周分封的诸国。分西、东、北三虢。此指东虢，今河南荥阳，周文王弟虢叔（一说虢仲）封地。东坑片，指砚石。

⑥司户：古代官名。台州，今浙江临海。明清时为台州府。窜：奔逃。

⑦鞭朴：也作"鞭扑"。皆为刑具名。语自《书·舜典》："鞭作官刑，扑作教刑。"

⑧烟岚：指山林间蒸腾的雾气。

⑨香一瓣：焚香敬礼之意。犹言一炷香。后来师承某人，也称"瓣香"。宋陈师道《观充文忠家六一堂图书》："向来一瓣香，敬为曾南丰。"云仍：远孙。语本"《尔雅·释亲》：'晜孙之子为仍孙，仍孙之子为云孙。'注：'仍，亦重也。云，言轻远如浮云。'"

⑩纪甗：古代纪国的宝器名。《左传·成公二年》："齐侯使宾媚人赂以纪甗、玉磬与地。"杜预注："甗，玉甑，皆灭纪所得。"

⑪筥衍：方形竹箱，以盛物之用。《庄子·天运》："夫刍狗之未陈

也，盛以箧衍，巾以文绣，尸祝齐戒以将之。"

⑫彦猷：指才德，智慧杰出之人。

⑬葳蕤：纷披貌。唐张九龄《感遇》："兰叶春葳蕤，桂华秋皎洁。"

⑭华绚：灿烂。

⑮高州：今广东高州。

⑯一以贯：《论语·里仁》"吾道一以贯之"。喻一种根本性的道理贯穿于事物的始末之中。

周定王兰雪砚翁覃溪师属赋[①]

吴嵩梁

铭云：割紫云片石兮，漾璧水之无光。款署兰雪，背曰东书堂宝[②]。

周藩宫里端溪石[③]，留与苏斋试烟墨[④]。
四百年来璧水香，镌题古篆看犹识。
驺虞献后归大梁[⑤]，不愿移封就洛阳。
师儒曾聘刘长史[⑥]，词赋雅重东书堂。
镇平博平皆好士[⑦]，南陵西亭亦相继[⑧]。
本草图成为救荒[⑨]，幽芳千种谁重绘。
汴河横决浪如山[⑩]，迎取金容没水还。
一片仙云依旧紫，却随玉碗出人间。
元朝宫树伤心碧，乐府当初歌不得[⑪]。
斜阳秋草十三陵[⑫]，今日蟾蜍泪重滴。
未央残瓦永平砖[⑬]，都与人家作砚田。
寻常故物知何阴，名字关心特可怜。

吴嵩梁（1766—1834），字子山，号兰雪，江西东乡人。嘉庆举人。由内阁中书官贵州黔西州知州。精诗、与翁方纲、王昶等相友善。著有《香苏山馆诗钞》。

【注释】

①周定王：指周定王姬瑜，前606—前585年。翁覃溪：翁方纲（1733—1818）字正三，号覃溪、苏斋，北京大兴人。乾隆进士。官至鸿胪寺卿加二品。博学多能。清代著名金石学家、史学家、书法家、诗人。"能以学为诗"，诗论创肌理学，重学问和义理。著作主要有《复初斋全集》《经义考补正》。

②东书堂：明祁承㸁，字尔光，号夷度，自号旷翁，家有东书堂、澹生堂为读书、藏书之所。精于汲古。所藏之书多为孤本或少见，且校勘精赅。浙江山阴（今浙江绍兴）人。明万历年进士，历官江西右参政。著有《牧津生堂集》。

③周藩宫：指周王朝属国之宫殿。

④苏斋：翁方纲号。参阅①注。

⑤驺虞：传说中的义兽。《诗·召南·驺虞》："彼茁者葭，壹发五豝，于嗟乎驺虞。"毛传："驺虞，义兽也。白虎黑文，不食生物，有至信之德则应之。"大梁：战国时魏都。今河南开封。

⑥长史：官名。此指刘墉。

⑦镇平：县名，汉置。今河南西南一带。博平，春秋时期的博陵邑，汉置县。今为山东聊城西北。

⑧南陵：县名。属安徽省。西亭：不详。

⑨本草：指《神农本草经》。

⑩汴河：也称汴水，流经河南、江苏一带。

⑪乐府：指诗歌的一种体式。始于汉代，有的出自文人之手，有的本来就是民歌。

⑫十三陵：明代十三个皇帝陵寝的总称，在今北京昌平北天寿山。

⑬永平：此指东汉明帝刘庄年号（58—75）。

晋永嘉砖砚歌①

金衍宗

砚左刻"永嘉六年,施令英作"八字。吴兴菁山土人掘井得之。余婿董勤甫见赠,制为砚。

玉马出地苍鹅飞②,侍中碧血溅龙衣。
豆田天子更何在③,铜驼荆棘埋烟霏④。
永嘉略比唐天祐⑤,无主犹承正朔旧。
中原鼎沸神州沈,一角菁山为谁守。
居民晓起争汲泉,辘轳井眉双瓶悬。
银床金鞍杳莫问⑥,昆明劫灰余此砖。
铜雀砚材世所艳,字体锺王况不欠。
赏奇须待博物才,临平石鼓丰城剑⑦。
董郎贻我径尺琼,墨海聊作良田耕。
断纹似具鸲鹆眼,新亭涕泪含晶莹⑧。
君不见,排墙下有王夷甫⑨,运甓陶公亦徒苦。
笑渠消受石三灾⑩,何如化作刘伶坟上土⑪。

金衍宗(生卒年不详),字维翰,号岱峰,秀水(今浙江嘉兴)人。嘉庆庚申举人。官温州教授。著有《思贻堂诗集》。

【注释】

①晋永嘉：晋怀帝司马炽年号（307—312）。

②玉马：语本《论语比考谶》："殷惑女妲己，玉马走。"玉马喻贤臣，殷纣王昏乱，微子启数谏不听，遂去殷而朝周。《文选·任昉·百辟劝进今上笺》："是以玉马骏奔，表微子之去；金版出地，告龙逢之怨。"苍鹅：神话传说中的恶鸟。也称"鬼车鸟"，又名"九头鸟"。相传鸟有十头，天狗啮其一，常点滴流血，血着人家则凶。

③豆田：此谓"豆分瓜剖"讲。喻国土分裂，破碎支离。

④铜驼荆棘：此指变乱后的残破景象。西晋时，索靖有远识，至洛阳见朝政不纲，知天下将乱，因指宫门铜驼曰："会见汝在荆棘中耳！"

⑤永嘉略比唐天祐：此指晋永嘉年和唐天祐年时的社会动荡。永嘉二年（308），匈奴贵族刘渊屡败晋军，在平阳（今山西临汾）称帝，并派兵攻打洛阳。永嘉五年（311），攻下洛阳，晋怀帝司马炽被掳。晋军又在荆棘成林的长安拥立愍帝。唐中和年，后梁建立者、后梁太祖朱温叛黄巢，降唐，赐名全忠，官拜宣武军节度使，作战勇猛，势力渐为强大。唐天祐元年，杀唐昭宗灭唐，国号梁，史称后梁。改元开平，建都开封。后被子友珪杀死。

⑥金辂：《书·禹贡》："厥贡羽毛齿革，惟金三品，杶榦栝柏。"此谓金饰的栏杆。

⑦临平：此指陕西省咸阳市乾县临平镇。临平镇历史悠久。临平石鼓，应指岐阳石鼓、陈仓石鼓，均在宝鸡周边。石鼓：即东周初秦刻石，形似鼓，共有十个，上刻有籀文四言诗，称"石鼓文"。现存北京故宫博物院。丰城剑：丰城剑气，传说三国吴未灭时，斗、牛二星之间时有紫气。豫章人雷焕妙达纬象，言紫气为豫章、丰城之精，上彻于天。尚书张华擢雷焕为丰城令，寻紫气。掘狱屋基得双剑，一曰龙泉，一曰太阿。至夕，紫气不复见。《晋书·张华传》载其事。

⑧新亭涕泪：西晋末年，中原战乱频繁，过江人士每至暇日相邀于新亭饮宴。元帝时，丞相王导兴客宴新亭，周顗中坐而饮曰："风景不殊，

举目有江河之异。"皆相视而流涕。惟王导愀然变色曰："当共戮力王室，克复神州，何至作楚囚对泣邪？"《晋书·王导传》载其事。喻以忧国忧时之悲愤心情。

⑨排墙：《晋书·王衍传》："（石勒）使人夜排墙填杀之。"此述其王衍（夷甫）之死。

⑩笑渠：笑他。三灾：当指天灾、地灾、人灾。

⑪刘伶：生卒年不详。字伯伦。沛国（治今安徽濉溪西北）人。西晋名士，仕魏。主张摒弃名教，复返自然，无为而治，嗜酒。为"竹林七贤"之一，著有《酒德颂》等。

古砚歌 砚为姜白石物①。

张允垂

临安王气黯然歇②,金盘玉盌嗟沈没③。
独有洞天一片珍,掺剔云根琢诗骨④。
彭蠡之水康郎山⑤,奇人往往生其间。
奉常律吕群议辟⑥,苕霅栖迟一第艰⑦。
吹箫度曲亦何有,垂虹亭畔空回首⑧。
谁识当时制作材,赏心惟数武夷叟。
西马塍边墓草荒⑨,我曾醮酒吊斜阳⑩。
小朝廷只苟活耳⑪,如公那许来回翔。
摩挲斯砚增叹息,杨范楼辛虚左席⑫。
假若携持上玉堂,也应视草辉鸾掖⑬。
寂寞人间六百春,宣和博古早成尘⑭。
武康山石永不灭⑮,墨花点点同坚珉。

张允垂(生卒年不详),字升吉,号柳泉。娄县(今江苏)人。嘉庆辛酉拔贡。历官杭州知府。著有《传砚堂诗存》。

【注释】

①姜白石:姜夔(约1155—约1221)字尧章,号白石道人。饶州鄱阳(江西鄱阳)人。与辛弃疾、杨万里等相交游。工诗词,精音律。著有《白石道人诗集》《白石道人歌曲》。其著《古怨》是研究中国音乐史的重要资

料。

②临安：今浙江杭州市，南宋国都。

③玉盌：玉碗。盌，也作"椀""䀜""碗"。《抱朴子·广譬》："无当之玉盌，不如全用之埏埴。"

④搂剔：同"搜剔"。

⑤彭蠡：彭蠡湖，在江西省。《书·禹贡》："彭蠡既猪，阳鸟攸居。"康郎山：在江西省余干县西北的鄱阳湖中。今称"康山"。

⑥奉常：古代官名，掌宗庙礼仪。律吕：乐律的统称。此指姜白所撰《古怨》一书。

⑦苕霅：指苕溪、霅溪。在浙江吴兴。栖迟：《诗·陈风·衡门》："衡门之下，可以栖迟。"此指飘泊失意。

⑧垂虹亭：在江苏吴江县长桥上。宋王安石《送裴如晦宰吴江》："他时散发处，最爱垂虹亭。"

⑨塍边。田埂边。《说文·土部》："塍，稻田中畦埒也。"

⑩醵酒：酎酒。《晋书·周处传》："……王浑登建邺宫醵酒，既酣……"

⑪小朝廷：指偏安一隅的政权。

⑫杨范楼辛：指南宋杨万里、范成大、楼钥、辛弃疾。左席、上座，尊位也。

⑬鸾掖：指宫中的旁殿，嫔妃所居。

⑭宣和博古：指宋王黼所撰《宣和博古图》。书中记载宋徽宗时宣和殿所藏自古代至唐的器物书画等。

⑮武康：县名：今属浙江湖州。

温砚炉歌①

刘嗣绾

炉为邵文庄公故物②邢江方君购得之置竹炉庵中。

二泉家世安乐窝③,二泉手泽龙山坡。
一炉制就用温砚,胸中别具炉锤多。
汝从汝革(按:即用铭语)变则化,我行我法平无颇。
氤氲只许捧太乙④,清净未肯皈维摩⑤。
先生点易山之阿,研朱滴露供吟哦。
炉中水火亦既济,坎离消息当如何⑥。
岁寒周旋到冰雪,造化回斡期阳和⑦。
昆昆灰起活火死,欲息不息生风波。
烟云过眼泣鸲鹆,雷雨脱手惊蛟鼍。
土花蚀紫铜晕碧,谁与一日三摩挲。
故山回首增滂沱⑧,风台石凳空藤萝。
只今净室作清供,光气夜烛恒沙河⑨。
竹炉相掩有图卷,石鼎突出无诗歌。
他时遗砚傥归里,墨池飞出山阴鹅。

刘嗣绾(1762—1820),字芙初,又字简之。号醇甫。江苏阳湖(今属江苏武进)人。嘉庆戊辰进士,改庶吉士,授编修。精诗,诗风骏迈快厉。著有《尚絅堂集》。

【注释】

①温砚炉：冬季用以温暖砚石的微型火炉。

②邵文庄公：邵宝（明）（1460—1527），字国贤、号泉斋，别号二泉，无锡人。成化廿年进士（1484），授许州知州。历为江西提学副使，尝修白鹿书院学舍以处学者。卒，谥文庄。

③二泉：参阅前注。

④太乙：同"太一"。指形成天地万物之元气。

⑤维摩：即"维摩诘"，佛名。释迦同时人，也作毗摩罗诘，意释无垢称，或作净名。曾向佛弟子舍利佛、弥勒、文殊师利等讲说大乘教义。

⑥坎离：语本《易·说卦》："坎为水……离为火。"是《易》的两卦。此指水火，阴阳。

⑦阳和：此指春天的暖气。

⑧滂沱：此指因伤心而流泪很多。《诗·陈风·泽陂》："寤寐无为，涕泗滂沱。"

⑨恒沙河：恒河沙。佛教用语。比喻极多之数。

赵松雪砚[1]

沈 涛

　　铭曰：不雕不琢乃存其朴。篆书。款署"子昂"两字。背铭曰：人亦巧，我亦拙，少锋芒，耐岁月。行书款，署其年二字。盖松雪斋中旧物，后为迦陵所得也。今藏小敷山馆[2]。

　　白雁渡江空啄矢，大宋王孙作承旨。
　　全家吹落北风中，割取南天片云紫。
　　可怜不识玉带生，亦未卜卦来桥亭。
　　天然至宝谢雕琢，鸥波洗濯留余腥。
　　莲花庄冷红香死，泪滴蟾蜍写铅水。
　　物失所主二百年，流落还归党人子[3]。
　　党人之子湖海士，避地相携只君是。
　　铜弦一唱天为惊[4]，万点墨花飞不起。
　　昔日仲姬捧[5]，后此云郎擎，石虽不言如有情。
　　篆铭凡八言，草铭十二字，笔所不到想其意。
　　朴未能完拙不藏，毋亦苍茫感身世。
　　吁嗟呼，赵家乾净一片石，大都缁尘污颜色。
　　庚申甲申运何极[6]，劫烬余灰此顽魄。
　　瞪尔鸲鹆双眼睛，阅尽沧桑几家国。

沈涛（生卒年不详），原名尔政，字西雍，号匏庐，浙江嘉兴人。嘉庆庚午举人，历官福建兴泉永道。著有《木鸣书屋诗文钞》等。

【注释】

①赵松雪：赵孟頫。

②小敷山馆：不详。

③党人：此指同乡里的人。《庄子·外物》："演门有亲死者，以善毁爵为官师，其党人毁而死者半。"

④铜弦：犹言琴。铁板铜琶之意。清蒋士铨《临川梦·提纲》："铁板铜弦随手弄，娄江有个人知重。"形容豪迈激越的文风。

⑤仲姬：指赵孟頫之夫人管仲姬。

⑥庚申甲申：此指元朝、清朝的开国年。元世祖忽必烈为庚申1260年，清世祖爱新觉罗福临（顺治）为甲申1644年，代指为朝代的更迭。

谢文节公卜卦砚歌①

吴 嵚

宋亡江南无人才,文节一语千秋哀②。
椒圃坪及建阳市,公所难者非一死。
死谢天下死可矣,存恢复想生乃是。
义旗不举心难明,但说余年报亲耳。
当公辛苦卜卦时,茫茫四海几人知。
人民城郭都如故③,忍把兴亡归气数④。
沧海今更几百年,卜卦砚尚能流传。
相看不暇辨真假,纷纷托兴留诗篇⑤。
微物犹为后人重,大节得非公自全。
呜呼!宋亡死事尚有人,文信国外无公贤。

吴嵚(生卒年不详),字兼山,江苏常熟人。官钜野主簿。著有《红雪山房诗钞》。

【注释】

①谢文节:谢翱(1249—1295),字皋羽,一字皋父,自号晞发子。长溪(今福建霞浦)人。曾随文天祥抗金,任咨议参军。文天祥就义后,悲不自禁,只身游浙水,过严陵,登四台,设天祥主,酹莫号泣。以竹如意击石,歌招魂之词,竹石俱碎。因作《西台哭所思》:"残年哭知己,白日下荒台。泪落吴江水,随潮到海回,故衣犹染碧,后土不怜才。未老山中客,惟应赋《八哀》。"著有《晞发集》等。参阅前钱载《二砚歌》。

②文节一语千秋哀：指谢翱《鸿门宴》诗中句："中有楚人为汉舞"，"楚国孤臣泣俘虏"。此言借古喻今，振聋发聩。杨慎《升庵诗话》评曰："予尤爱其《鸿门宴》一篇。……此诗虽使李贺复生，亦当心服。李贺集中亦有鸿门宴一篇，不及此远甚，可谓青出于蓝矣。"

③人民城郭都如故：文天祥《金陵驿》诗有"城郭人民半已非"句。

④气数：犹命运，气运。汉荀悦《申鉴·俗嫌》："夫岂人之性哉，气数不存焉。"

⑤托兴：寄托情感。

齐云楼砖砚①

王嘉禄

月华泠浸吴城树,一片紫云飞不去。

霜寒碧甃埋鸳鸯,土花蠹鳞融麝香②。

朱甍绮檐挂参斗③,元和使君来置酒④。

满阑芍药啼春红,山头鲤鱼飞化龙。

绿墀香尘印罗袜,可怜焦土阿房宫。

鬼镫散萤寒贴贴⑤,灰蝶栖烟抱黄叶。

铜爵香姜共尔愁⑥,玉蟾泪滴凝清秋。

王嘉禄(1797—1824),字绥之,一字井叔。长洲(今江苏苏州)人。著有《嗣雅堂诗存》。

【注释】

①齐云楼:唐时曹恭王建,古称月华楼。后又称飞云阁。唐白居易曾为此作《齐云晚望偶题十韵》。古址在今江苏苏州子城上。

②蠹鳞:形容土花像鱼鳞一样积聚着。

③参斗:指参宿、斗宿两星座。参宿,二十八宿之一,西方白虎的末一宿,猎户座的七颗亮星。斗宿,南斗六星。

④元和:唐宪宗李纯年号(806—820)。

⑤贴贴:相互依附貌。

⑥铜爵:此指铜雀台。香姜阁:北齐名阁。明杨慎《狗脚猪肠》:"铜雀砚,曹操台瓦已不可得,宋人所收。乃高欢避暑宫冰井台、香姜阁瓦也。"

晋太康九年残砖砚歌[1]

朱紫贵

张郎贻我砖一枚，乃自官奴城下来[2]。
纪元太康纪年九，断纹斑剥如云雷。
典午寰区才混一，铜驼转盼蓻蒿莱。
龙骧将军三级塔，不有赵逸谁知哉。
顽质块然瓦砾比，故应起灭如飞灰。
胡为历久尚完好，声价欲比铜爵台。
当其抟埴为胚胎，岂意琢削为砚材。
檀匣锦茵一位置，遂登几席离尘埃。
竹头木屑无弃物，焦琴柯笛有别裁。
苟非因才妙驱使，岂免掷弃荒烟堆。
自来物物有遭际，抱才何患终沈薶。
独恨不识王右军，为把栗尾书麝煤。
羽阳宫，香姜阁，高寒碧瓦千门开。
非无千秋万岁字，寒芜蔓草空徘徊。
尔独因缘结翰墨，龙尾凤味相朋侪。
我歌此歌三太息，古今貉邱土一抔[3]。

朱紫贵（生卒年不详），字立斋。浙江长兴人。贡生。官杭州府训导。著有《枫江草堂诗集》。

【注释】

①太康：晋武帝司马炎年号（280—289）。

②官奴：晋王献之小字。

③貉邱：貉丘，貉一丘。《汉书·杨恽传》："古与今如一丘之貉。"意即同属一类，没有差别。

文信国绿端蝉腹砚歌①

江之纪

有谢皋羽铭云：文山攀髯之明年，叠山流寓临安，得遗砚焉。忆当日与文山象戏谱《玉层金鼎》一局，不君同在座。右铭曰：洮河石，碧于血，千年不死苌弘骨。乾隆丁未，杭州临平渔父网得于湖中。今为南城师物，详见《赏雨茅屋集》。

黄冠不返燕山客②，柴市风霾蔽天黑③。
剖将径寸夷齐心④，染出一方天水碧。
故人却聘逃临安，有叟西台击竹还⑤。
相逢静听啼鹃哭，石君洒泪比人寒。
斜飞半角都安在，朱鸟魂归朝局改⑥。
母妃难补女娲天，帝子谁填精卫海⑦。
会稽山南宝气空，妖僧一炬烧云红。
六丁独抱石君去，多年稳卧冯夷宫⑧。
老渔大笑呼君起，有似蕤宾跃池水⑨。
清光耿耿照秋霜，错道文山犹未死。
吁嗟乎！文山到今原不死，可惜青松斫斫赵承旨⑩。

江之纪（生卒年不详），字石生。江西婺源人。诸生。著有《白圭堂诗钞》。

【注释】

①参阅前钱载《二砚歌》和吴嵚《谢文节公卜卦砚歌》所注。

②燕山客：指文天祥。燕山，此指北京。黄冠：指农夫之冠。《礼·郊特牲》："野夫黄冠。黄冠，草服也。"

③柴市：旧北京的街名，文天祥就义于此。

④夷齐：伯夷，叔齐。文天祥《南安军》诗中有"饿死真吾志，梦中行采薇"句。

⑤有叟西台击竹还：指谢翱。见前注。

⑥朱鸟：此谓南方之神，喻文天祥。也称朱雀，南方七宿，是二十八宿之一。形似鸟，南为火，火为朱，故称。

⑦精卫海：精卫填海，传说炎帝之女女娃，游于东海而溺死，化为精卫鸟，常衔西山之木石，以填东海。

⑧冯夷：河神。《庄子·大宗师》："冯夷得之，以游大川。"

⑨蕤宾：此谓农历五月。

⑩承旨：指赵孟頫。（原注：承旨松砚，今尚在。见董太史潮诗集。）

田横岛石砚歌①

赵似祖

田横兄弟能得士,五百英雄同日死。
苍茫孤岛葬英魂,夜夜灵风吹海水。
水中突兀生云根,碧血斑斑浸清泚。
落日寒潮没远空,老蛟捧出霞天紫。
阴云泼墨黯黯飞,鱼龙呵护终不毁。
有客探胜游东莱②,携归置我乌皮几。
摩挲三叹秋气高,义士精发今在此。
燃灯阴夜光青荧,振笔疾书惊且起。
笔端恍惚鬼神来,口噀海涛落满纸③。

赵似祖(生卒年不详),字秋客。广东海阳(今广东潮州)人。道光壬辰进士。官至刑部主事。著有《希音阁诗》。

【注释】

①田横岛:田横,秦末齐贵族。韩信破齐田横自立为齐王。汉朝建立,田横率部属五百人逃亡海岛。汉高祖刘邦召之,田横羞于臣服,于途中自杀。其部属闻之,亦在岛上自杀。参阅《史记·田儋列传》。
②东莱:山东蓬莱。
③口噀:口喷。

盘谷砚歌寄酬衍石兄①

钱泰吉

少读《昌黎集》，梦想盘之中。
大行山字老未识②，何缘脚踏幽人宫。
吾兄知我饶砚癖，为致盘中一片石。
面含浅紫背深碧，泉甘土肥养玉液③。
况有陇西隐君此焉宅，卢老韩公共游屐④。
斯文元气久蕴积，能使凤咮龙尾皆辟易。
我今对此砚，却忆贞元初⑤。
吐蕃大入寇⑥，烽火传边隅。
西川节度屡破敌，庶几不愧大丈夫⑦。
鬼夷此日负海嵎⑧，天子宵旰劳远谟。
楼船将军盛兵卫，轻裘坐展筹海图⑨。
书生不能草羽书，枉持一砚频欷歔。
砚兮砚兮吾语汝，但愿龙起大泽驱天吴。
一朝灭此釜底鱼，<small>砚刻鱼龙之象。</small>远行不劳吉日出。
<small>少陵句</small>采山钓水容吾徒，平沙绿浪榜方口。
<small>用昌黎和卢郎中送盘谷子诗句。</small>与兄穷探极览相嬉娱。

钱泰吉（1791—1863），字辅宜。浙江嘉兴人。贡生。官海宁训导。著有《甘泉乡人集》。

【注释】

①盘谷：地名。今河南省济源市。唐韩愈著有《送李愿归盘谷序》一文。

②大行山：太行山。

③泉甘土肥：唐韩愈《送李愿归盘谷序》文中有："盘谷人间，泉甘而土肥，草木丛茂，居民鲜少。"

④焉宅：犹此宅，此地。卢老韩公：指卢仝、韩愈。韩愈为河南令时，对卢仝才识颇加敬重，经常以诗相唱和。

⑤贞元：唐德宗李适年号，（785—805）。

⑥吐蕃：我国古代藏族所建立的地方政权。在今西藏。

⑦庶几：指有成就之士。汉王充《论衡·别通》："夫孔子之门，讲习五经，五经皆习，庶几之才也。"

⑧鬼夷：此指外国侵略者。

⑨海图：指清魏源所撰《海国图志》。

造墨歌①

鲍瑞骏

昔人造墨烧古松，今之焚膏毋乃同。
板屋松阴跨幽涧，下有流水鸣淙淙。
壁如蜂巢纸如幔，参差镫影纱笼中。
承镫以碗碗注水，水与火济凝烟浓。
液融鹿角香喷麝，阴房疑捣红守宫。
涂脂从印燥不滓，枪金细字蟠虬龙。
程_{君房}方_{于鲁}遗制效奚李，

厥贡后数曹家工②_{曹素功}。

家传古井清且洌，云与易水灵源通。
烟轻胶旧井华孕，紫玉一笏陿麋空。
荒唐谁说十万杵，杵以万杵坚于铜。
尤其伪者渗以漆，光则黝然不可砻。
罗家银墨广陵散③，色如碧叶秋来红。

<small>明罗小华制其色初灰白，久便如漆，法不传。</small>

紫雪之精郁灵气，<small>明吴天章造与程君房争元灵气同。</small>④
西陂小景枫吴淞。

<small>宋牧仲西陂真赏为国朝第一品。背刻纬萧小景亦精绝。</small>⑤

再和之法亦一瞬，<small>巴子安曾捣古墨新造之法，亦不传。</small>
几人犹弄吴绫封⑥。

龙宾十二落谁手，磨人磨墨俱忽忽。

鲍瑞骏（生卒年不详），字桐舟。安徽歙县人。举人，官山东知县。著有《桐华舸诗钞》。

【注释】

①造墨：制墨。《四库全书·墨集》录有制墨的一系列过程，并绘有插图。宋李孝美《墨谱法式》、宋晁季一《墨经》等书中均有对于制墨方法的阐述。

②曹家工：曹素功，清代墨工。安徽歙县严镇人。名圣臣，字昌言。原名孺昌，一字荩庵，号素功。早期借著名制墨家吴叔大墨名，制造好墨。至康熙年，创制"紫玉光""天琛""天瑞""千秋光""豹囊丛赏"等名墨。曾为曹寅定制"兰亭精英墨"，为刘墉定制"柳汀仙舫"墨等。俗有"天下之墨推歙州，歙州之墨推曹氏"之说。著有《曹氏墨林》二卷。(《中华书法篆刻大辞典》)

③罗家银墨：指明代墨工罗龙文所制之墨。罗龙文，字含章，号小华道人，华道人，徽州人。是明代制墨"歙派"的代表人物。官至中书舍人。所制之墨坚硬如玉，纹理如犀，色黑如漆，其墨品以鹿角胶为上上品，龙柱次之，华山松又次之。

④吴天章：当为明代墨工吴叔大。程君方：明代墨工，安徽歙县人。是"歙派"的主要代表人物。曾讥李廷珪墨之质色莫已若也。自称"我墨百年，可比黄金"。方于鲁得此制墨法，著《程氏墨苑》一书。名墨有"玄元灵气"等等。幺，玄之本字。

⑤宋牧仲（1634—1714）即宋荦，字牧仲，号漫堂、西陂，晚号西陂老人。河南商丘人。诗人、书画家。《西陂真赏》即王晖为宋荦绘《西陂六景图》，卷后有宋荦的十八位好友题写诗文。现藏故宫博物院。

⑥弄：收藏。

笈甫藏有袁侯台瓦研属作长歌纪之[①]

鲍瑞骏

铜雀台瓦良研田，此瓦乃在铜雀先。
色青而紫厚以寸，池窊半月潞松烟。
磨墨如喑欲雨润，瑟瑟缀若明珠悬。
诸花香处呼璧友，沈檀之匣铭词镌。
竹垞目以宴友瓦[②]，得毋考据讹相沿。
文曰建安三年造，斯是河北方炎炎。
袁曹两雄不相下，土木何得兴戈鋋。
吾闻南皮有台二[③]，或者袁侯之遗埏。
当其虎视冀州日[④]，官渡未战犹瓦全[⑤]。
穹窿百尺用侦敌，吸尽兵气归陶甄。
相传夜深发光怪，异香腾作龙蜿蜒。
野火烧残败苔渍，争墩一例言詹詹[⑥]。
否则陈因太仓粟，鸠工适值浮瓜年[⑦]。
区区胡椒且八百，况乃瓴甋崇观瞻[⑧]。
五官中郎敬爱客，想见射雉同游畋。
哀来乐往感丝竹[⑨]，金碧粼粼辉画鳞。
不知何时琢为砚，残膏一滴江湖霑。
宜城驿入昌黎记，景山赠赖欧公传[⑩]。
世间古物等飘瓦，获之奚翅真珠船。

呜呼！人生安得如汝坚，背有汉隶神宛然。

缁布纹深尾则断，亦犹割据留山川。

袁家父子固豚犬，曹家兄弟终猜嫌⑪。

流连香履有深意⑫，木妖早兆漳河堧⑬。

知君好古自一癖，岂以人废相针砭⑭。

魏三祖集君所弆⑮，曩者汉上遭师燔⑯。

呜呼！一得一失皆前缘，非此那伴君家毡。

会看涤笔记神砚⑰，压到寿贵公侯砖。

【注释】

①袁侯台：指后汉时袁绍之宫室。

②竹垞：朱彝尊（1629—1709），字锡，号竹垞，金风亭长等。浙江秀水（今浙江嘉兴）人。康熙举鸿博以布衣入选，授检讨，参修《明史》。学识渊博，后入南书房。工诗文考据。著有《经义考》《明诗综》等。宴，聚谈。此指评论或考证。

③南皮：县名，今属河北。

④冀州：古九州之一。一般指今河北、河南等地。

⑤官渡：指后汉时袁绍和曹操在今河南省中牟县古官渡水进行的一场战争。建安五年（200），曹操以少胜多，击败袁绍，奠定了统一中原的基础。

⑥墩：土堆。詹詹：形容烦琐、喋喋不休的样子。《庄子·齐物论》："大言炎炎，小言詹詹"。成玄英疏："詹詹，词费也。"

⑦鸠工：聚集工匠。浮瓜，指夏日游宴。语本《文选·曹丕（魏文帝）·与朝歌令吴质书》："浮甘瓜于清泉，沉朱李于寒水。"

⑧瓴甋：砖。

⑨丝竹：指弦乐器和竹管乐器。《礼·乐记》："金石丝竹，乐之器也。"

⑩景山赠赖欧阳传：参阅前宋欧阳修《答谢景山遗古瓦砚歌》诗及其注。

⑪曹家兄弟：指三国魏时曹丕、曹植兄弟之间的帝位之争。曹植于此作有《七步诗》。

⑫香履：即"分香卖履"。曹操事。参阅前注。

⑬木妖：指在兴造宅邸、宫殿等建筑上穷奢极侈。妖，指反常怪异的现象。宋孔平仲《续世说·汰侈》："安史之乱后，法度隳弛，内臣、戎帅竞务豪奢，亭馆第宅，力穷乃止，时谓木妖。"堧，指隙地、余地、此指河边的隙地。《汉书·沟洫志》："故尽河堧弃地，民茭牧其中耳。"

⑭针砭：规劝告诫。

⑮魏三祖：指三国魏武帝曹操、魏文帝曹丕、魏明帝曹叡。

⑯曩者：前人。《左传·襄二四年》："曩者志入而已，今则怯也。"师熠：此谓发扬光大。

⑰涤笔：洗净笔毫。

澄心堂歌

诸可宝

青华镂笔红丝砚,澄心堂纸白于练。
宫中保仪女掌书①,江山如笑排鸳燕。
姊妹承恩侍李皇②,提鞋划袜事荒唐③。
通天一帖题昭后④,初月双跌创窅娘⑤。
烧槽琵琶暖玉柱⑥,君王小令歌行路⑦。
别翻曲子念家山,弹绝冰弦愁日暮。
瓦官阁下黄花波,啼鸟声声帝奈何。
最笑仓皇辞庙日,听来犹有教坊歌⑧。
君不见,官家恨不作词史,金粉南朝悉如此⑨。

诸可宝(生卒年不详),字璞斋,一字迟鞠。钱塘(今浙江杭州)人。同治丁卯举人。官昆山知县。著有《璞斋诗集》。

【注释】

①保仪女掌书:保仪、掌书皆为古代官名。此指唐武则天高宗时初拜为昭仪,史称"武昭仪"。武则天(624—705),武曌,唐高宗后,武周皇帝。并州文水(今山西文水)人。太宗时为才人,高宗初拜为昭仪,与皇后王氏和良娣萧氏争宠。后立为皇后,与高宗并称"二圣",执掌朝政。后废高宗立睿宗。后又废睿宗,自称"圣神皇帝",改国号为周,改元天授,史称"武周"。在位时期,选贤任能,保持了唐前期的昌盛。详见《新唐书》。

②姊妹承恩：指唐高宗皇后王氏和良娣萧氏事。

③划：同铲。

④通天一帖：指《万岁通天帖》。亦称《王氏宝章集》《王氏进帖》《王氏一门法书》，是集刻东晋王羲之及其王氏一族的书法丛帖。唐武周万岁通天二年（697），凤阁侍郎王方庆，将家藏王氏书迹进呈，武则天展观于武成殿，以示群臣，并命中书舍人崔融着工尽以双钩廓填，成帖。是帖颇负盛名，历来摹刻甚多。《式古堂书画汇考》《珊瑚网》等书均有著录。

⑤窅娘：窅娘。南唐后主李煜的宫嫔。传为女子缠足第一人。陶宗仪《辍耕录·缠足》中引《道山新闻》："李后主宫嫔窅娘，纤丽善舞。后主作金莲，高六尺……令窅娘以帛绕脚，令纤小，屈上作新月状，素袜舞云中，回旋有凌云之态。"

⑥烧槽：琵琶名。宋马令《南唐书·女宪传·昭惠周后》："通书史，善音律，尤工琵琶。元宗（李璟）赏其艺，取其御琵琶，时谓之烧槽者赐焉。烧槽之说，即蔡邕焦桐之义，或谓焰材而断之，或谓因爇而存之。"玉柱：泛指筝、瑟之类，此指琵琶。

⑦小令：短调的词。一般五十八字以内为小令，五十九至九十字为中调，九十一字以上称长调。此句指南唐后主李煜所作之词。

⑧教坊：唐代掌管女乐的官署。

⑨金粉南朝：指偏安江南绮縻繁华的宋、齐、梁、陈等朝。金粉，金指花钿。"粉"指铅粉，皆为妇女梳妆用品。

角花笺歌①

丁立诚

金花半角玉版方，曾沐纯庙题奎章。
浙江疆臣拜手献，楮先生侍南书房。
是时遭际重台阁，徵士联吟尽鸿博。
吾杭杭厉本乡亲，如凤之翎麟之角。
百四十年时不同，流落燕台花市中。
世情莫叹薄如此，幸有同声片楮通。
我昔相遇琉璃厂②，短幅长笺两心赏。
携归同社赠新诗，首唱铁花老词长。
先生先世尤可详，晋有蚕茧唐硬黄。
百金不许市一纸，江南供奉澄心堂。
碧云春树好颜色，红染桃花艳芳泽。
终古家声重洛阳③，白州刺史高华职④。
有明繁盛宣德年，远族更有侧理笺。
二林家宝不敢秘⑤，亦拜天家赐锦鲜⑥。
先生之风无瑕净，老去红颜花掩映。
愿花常好楮国春，我尚依依桑梓情⑦。
清平四海万千秋，来助人修五凤楼⑧。
新翻花样马一角，快写吉语羊千头⑨。

丁立诚（生卒年不详），字修甫，钱塘（今浙江杭州）人。光绪乙亥举人。官内阁中书。著有《小槐簃吟稿》。

【注释】

①角花笺：纸角饰花样的纸。

②琉璃厂：指北京市城南街名。因元代于此建琉璃窑，故名。此处设书籍、古玩、字画、碑帖、文具等。尤以书肆为盛。

③终古家声重洛阳：指"洛阳纸贵"。

④白州：古地名。今广西博白县。唐时置白州，与合浦县为邻，产珍珠。高华：此指高贵的望族。

⑤二林：指庐山东林寺、西林寺的合称。唐白居易《春游二林寺》："下马二林寺，儵然进轻策。"

⑥天家：皇帝。

⑦桑梓：《诗·小雅·小弁》："惟桑与梓必恭敬止。"桑梓为古代住宅旁常栽之树木。喻故乡。

⑧五凤楼：古代楼名。唐、后梁时，洛阳皆有五凤楼。借喻能文辞之人为造五凤楼高手。

⑨羊：通"祥"。古"吉祥"多作"吉羊"。《说文》："羊，祥也。"

孙仁甫丈炳奎出观先世所藏温公澄泥砚李延平有题名南宋为魏鹤山得见真西山跋明有文衡山观款①

丁立诚

南唐澄泥第一品，北宋党碑第一人。
匪砚之重，世自不敢轻。
况其温温玉质，娟娟出水莲丰神。
砚之方正见公德，砚之圭角表公节。
公兮砚兮皆可述，独乐园中说《周易》。
墨花濡染传家集，凤咮龙尾伯仲间。
只许桥亭谢升堂，玉带文入室②。
前有观者李延平，后有观者文徵明，
其中更有西山、鹤山来同盟。
八百载后归之乐安孙，
可与宋雕《资治通鉴》称为两足尊③。

君家藏宋刻《通鉴》，劫后尚存残本。

【注释】

①澄泥砚：唐代砚名，属陶质。始产于唐虢州。宋苏昜简《文房四谱·砚》："以墐泥令入于水中，挼之，贮于瓮器内，然后别以一瓮贮清水，以夹布囊

盛其泥而摆之，俟其至细，去清水，令其干，入黄丹团和溲如面，作二模如造茶者，以物击之令其坚，以竹刀刻作砚之状，大小随意，微阴干。后以利刀刻削。如法曝过，间空垛于地，厚以稻糠并黄牛粪搅之，而烧一伏时，然后入墨腊贮米醋而蒸之五七度，含津益墨，亦足亚于石者。"以其质细而洁净者为上品。李延平：不详。魏鹤山：魏了翁（1178—1237），字华父，号鹤山。邛州浦江（今属四川）人，庆元进士，官至礼部尚书。穷经学古，自为一家，著有《鹤山大全集》等。真西山：真德秀（1178—1235），字景元，后改景希，号西山，世称"西山先生"。建州浦城（今属吉林）人。庆元五年（1199）进士，授南剑州判官，官至参知政事。其学以朱熹为宗。著有《西山真文忠公文集》等。文衡山：文徵明（1470—1519），初名璧，字行更字徵仲，号衡山居士，长州（今江苏苏州）人，以贡生授翰林院待诏。工行草书，尤精小楷，擅山水画，师沈周。与祝允明、唐寅、徐祯卿为"吴中四才子"。与祝允明（或沈周）、唐寅、仇英合称"明四家"。能诗，宗白居易、苏轼。著有《甫田集》等。

②桥亭谢升堂，玉带文入室：指谢文节《桥亭卜卦砚》、文信国《玉带生砚》。参阅前注。

③《资治通鉴》：宋司马光主编。宋神宗赵顼制序赐名，元胡三省注。书体为编年史，上至战国，下终五代。详述考证资料异同之去留之意。治史之功尤著。宋雕：宋代雕版印刷。

铜雀台瓦砚歌

宋书升

汉火未熄妖星芒,铜雀一现朱雀藏。

高台巍峨连漳起,邺下媚狐肆披猖。

凤柱对蹲双结绮①,虹桥倒挂若回廊②。

年月回环书蝌蚪,琉璃金碧覆鸳鸯。

汉家兵戈既鼎沸,横槊归来乐未央。

大儿弹棋幼傅粉③,一门父子盛文章④。

惆怅东风慕娇女⑤,朝露慨慷对杜康⑥。

阿房歌弦秦公子,阳台云雨楚君王。

分香卖履留遗嘱,儿女之情抑何长。

建安去此二千载,太息阿瞒骨已霜。

一世之雄今安在,独留瓦片艳文房。

宋书升(生卒年不详),字晋之。山东潍县人。光绪壬辰进士,改庶吉士加五品卿衔。

【注释】

①凤柱:凤凰柱,刻有凤凰形状的瑟柱。唐李白《长相思》:"赵瑟初停凤凰柱,蜀琴欲奏鸳鸯弦。"

②虹桥:拱桥。回廊,长廊。

③大儿弹棋幼傅粉:大儿指曹丕,是曹操次子。南朝宋刘义庆《世说新语·巧艺》:"弹棋始于魏宫内用妆奁戏。文帝(曹丕)于此戏特妙,用

手巾角拂之,无不中……"幼傅粉:"幼"指曹植,曹操第三子。傅粉指曹植《七哀》诗等,以描写弃妇怨女的忧思哀伤,抒发自己的感情,缠绵哀婉、凄楚动人。如《洛神赋》《杂诗》。

④一门父子盛文章:指曹操及其子曹丕、曹植。"建安风骨"时期的文坛,是以"三曹""七子"为主要代表。曹氏父子在历史上不仅仅是政治家,军事家,同时也是才华横溢的文学家、诗人。

⑤惆怅东风慕娇女:娇女,指三国乔公的两个女儿。唐杜牧《赤壁》诗有:"东风不与周郎便,铜雀春深锁二乔。"

⑥朝露慷慨对杜康:此指曹操《短歌行》诗。

秦沟粉黛砖砚诗

文静玉

颐道主人有此砚,盖阿房宫沟宫人充脂水粉黛所凝结也。有建业文房印,杨铁崖铭①。

邹峄野火焚②,会稽残字假③。

不见秦代碑,犹见秦宫瓦。

茸阳云树暗④,兰池烟草萋。

不见秦宫瓦,乃见秦沟泥。

沟泥亦非泥,洗妆渍粉泽。

脂红与黛翠,残香敛魂魄。

祖龙平六国⑤,后宫罗婵娟。

永巷等阴随⑥,不见卅六年。

清渭涨腻流,远绕骊山路。

此砖何自得,应近骊山树。

建业印模糊,铁厓书妩媚。

何如青陵台⑦,驳落苔花翠。

秦云不可见,秦月犹在空。

寂寂澄心堂,郁郁阿房宫。

文静玉(1796—1820),字湘霞,江苏吴县(今江苏苏州)人。钱塘陈文述侧室。著有《小停云馆诗钞》。

【注释】

①建业文房印：当指南唐后主李煜"建业文房"之印。杨铁崖：杨维桢（1296—1370），字廉夫，浙江绍兴人。筑楼铁崖山，楼上读书五年，自号铁崖。元泰定进士，署天台尹。"狷直忤物，十年不调"。其诗名盛一时，号"铁崖体"。善书法，精行草书，气势劲健。著有《铁崖先生古乐府》。

②邹峄：即邾峄山、邹山。在今山东省邹县。秦始皇二十八年（前219），东巡登邹峄山，李斯撰书《峄山碑》以颂秦德，即此。参见《史记·秦始皇本纪》。原石在唐代已被野火烧毁。故辞。

③会稽残字假：此指秦《会稽刻石》。

④萯阳：宫名。秦汉时皇室离宫之一。"秦王囚母"事件即在此宫。

⑤祖龙：指秦始皇。

⑥永巷：宫中长巷。《尔雅·释宫》："宫中巷谓之壶。"邢昺疏引三国魏王肃曰："今后宫称永巷，是宫内道名也。"阴隧：指秦沟。

⑦青陵台：也作"青凌台"。晋干宝《搜神记》："宋康王以韩明妻美而夺之，使朋筑青凌墓，然后杀之。其妻请临丧，遂投身而死。王令分埋台左右。"后以比喻坚贞爱情，唐李白《白头吟》："古来得意不相负，只今唯见青陵台。"

汉宫瓦砚歌

宗　婉

千年古殿生蒿莱，瓦矶变化成良材。
文房珍玩何足道，盛衰贵贱亦幻哉。
谁人作砚供书契，云是帝鸿古遗制。
琢玉奇珍只饰观，澄泥别样夸新制。
辟雍风宇古样镌，合欢秋叶新题签。
小者文场便怀袖，大者椽笔挥云烟。
砚材百种此尤寡，陶质苍然古而雅。
问年神雀五凤初①，托地长生未央下。
当年立仗覆千官，此日抔泥出寒野。
良工琢付识者藏，摩挲日久腾辉光。
储以水晶琉璃之宝匣，配以珊瑚翡翠之笔床。
更闻此砚能发墨，濡染淋漓殊自得。
凹处犹余土蚀痕，中央已没苔花色。
君不见，玉龙金凤铜雀台，于今无地无尘埃。
又不见，离宫别馆三十六，望里莘莘走麋鹿②。
羡尔犹存历劫身，芸窗珍重伴词人③。
他时携上通明殿，书遍吟毫五色新。

宗婉（生卒年不详），字婉生，江苏常熟人。宗德润女。著有《梦湘楼稿》。

【注释】

①五凤：汉宣帝刘询年号（前57—前54）。

②莘莘：众多貌。《国语·晋四》："《周诗》曰：'莘莘征夫，每怀靡及。'"

③芸窗：书斋。芸香能辟虫，书室常贮之，故名。《中州集·金·冯延登·洮石砚》诗："芸窗尽日无人到，坐看玄云吐翠微。"

题汉未央瓦砚歌

缪宝娟

紫云一片土花结,寒光隐隐凝霜雪。
流落人间三千年,不随碑碣同磨灭。
古来宫阙盛炎刘,未央宫与阿房侔。
阿房一炬成焦土,汉家片瓦犹千秋。
片瓦功能夺真宰①,蛟龙泣罢啼痕在。
质坚不为岁月磨,色古岂历风霜改。
昌溪吴氏宝用之,沧桑变幻不可知。
洪子嗜古有奇癖,得从古市光陆离。
盛以宝盒盘蛟螭,奇气掩映珊瑚枝。
岱翁铭字工刻镂②,酂侯古篆形模旧③。
精金可铄石可灰,此物永并鼎钟寿。

缪宝娟(生卒年不详),字珊如。江苏常熟人。吴县光绪癸未进士,改庶吉士,历官直隶候补道李振鹏室。著有《倦绣吟草》。

【注释】

①真宰:天为万物的主宰,故称。《庄子·齐物论》:"必有真宰,而特不得其眹。"
②岱翁铭字:当指秦始皇《泰山刻石》。岱,泰山别名。《说文》:"岱,太山也。"
③酂侯:指汉丞相萧何。萧何在楚汉相争中,佐汉高祖刘邦,守关中,转漕给军,兵不乏食,因以制胜。汉朝立,刘邦论功行赏评为第一,封酂侯。

纪晓岚紫石砚歌①

金永爵

十砚先生癖于砚②，罢官归里瓶无粟。

惟有诗束两牛腰，端坑奇石声相触。

就中济阳井叔刊③，日夕摩挲爱尤笃。

篆籀苍劲铭其背，八角廉棱截紫玉。

金樱手捧喻麇香，_{莘田侍儿金樱妙解文翰}。

品月题花幽事足。

淬妃欣说遇钜公④，晓岚清雅不入俗。

山斗声名遍华夷⑤，徂夏我读滦阳录⑥。

西清常共袱被携⑦，小泓晴虹光怪数。

松园前辈_{金公履度}驾星槎⑧，邂逅论交蒙赠辱。

笔势矫矫传海邦，渴骥奔泉无踬蹳⑨。

春风吹落经畹斋_{赵秀三}，几案清哦佐醽醁。

茧纸百幅白如银，宝物如今于我属。

见此宛若对昔贤，净水莲房手自浴。

留作吾家永宝用，岂数金线与蛾绿。

六传百有九年间，鸲眼几点记往躅。

为证邵亭文字祥，明窗续成中林曲。

_{钱塘吴中林庭华有《十砚先生歌》。}

金永爵（生卒年不详），字德叟。朝鲜人。著有《邵亭诗稿》。

【注释】

①纪晓岚：纪昀（1724—1805），字晓岚、春帆，号石云。直隶献县（今河北献县）人。乾隆进士，授编修。累官左都御史、兵部尚书、协办大学士加太子少保。学问渊博，诗书精深。曾任《四库全书总目提要》总纂。著有《阅微草堂笔记》等。

②十砚先生：指纪晓岚。

③济阳：县名。今河南兰考东北。

④淬妃：传说中砚神名。清李调元《卍斋琐录》："笔神曰佩阿，又曰昌化，研神曰淬妃，墨神曰回氏……除夕呼其名而祭之，鼠不敢啮，蠹虫不生。"钜公：同"巨公"，谓杰出人才。唐李贺《高轩过》："云是东京才子，文章巨公。"

⑤山斗：泰山，北斗之省称。犹泰斗。喻德高望重且有卓越成就使人敬仰的人。宋辛弃疾《水龙吟·甲辰岁寿韩南涧尚书》："况有文章山斗，对桐阴满庭清昼。"华夷：犹中外。华，华夏，夷外族、外国。

⑥徂夏：《诗·小雅·四月》："四月维夏。六月徂暑。"意即盛夏。（周历四月为夏历六月）。滦阳，河北承德之别称。滦阳录：指纪晓岚《阅微草堂笔记》中的《滦阳消夏录》："乾隆己酉夏，以编排秘籍，于役滦阳。"

⑦西清：清皇宫南书房的别称。袱被：包裹衣被的布单。

⑧松园前辈（金公履度）：生平不详。

⑨渴骥奔泉：指书法中矫健的笔势。《新唐书·徐浩传》："尝书四十二幅屏，八体兼备，草隶尤工，世状其法曰'怒猊抉石，渴骥奔泉'云。"

后　记

余参加工作几十年,已近退休。从一开始在中国人民解放军海军院校,到后来的地方高校,一直从事教学保障和服务教学的工作。

由于从小对中华文明和中国传统文化的敬重,经常在知识的海洋边徜徉,不知不觉中把鞋子打湿了,虽然没有湿透,但是于耳濡目染之间,笔下硬是写出了这半生不熟的文字,不免有些贻笑大方了。

书稿写就已近廿载,今日捡起来,不胜感慨。前些年,由于诸多客观因素的影响,虽曾在中国青年出版社客居数日,终未能付梓。

今日,时过境迁,意将此作为退休之念,以慰当年跨世纪之兴。余平日里,虽善与笔墨为伍,耽于诗书,但纯系"锻炼身体,帮助消化",业余爱好而已,与当下之名分、荣誉、权力等等,缘分甚远。

在此书付梓出版之际,余心惶恐不安,自己学识浅薄,孤陋寡闻,书中谬误不足之处,在所难免,还望各位方家多多批评指教。

本书撰写、编辑过程中,得到了家人的大力支持,得到了诸多师友的大力指导和帮助。我非常感谢! 为表示感恩,故录各位大德高名,永志不忘!

姚奠中、石华峰、王朝瑞、阎俊、林鹏、赵承楷、袁旭临、胡守文、周平、李蹊、刘锁祥、张明旺、焦团平、李春奎、赵嗣成、乔亚丁、何寅彪、马巨廷、马俊青等诸位先生。

　　同时,非常感谢续小强社长慧眼识珠、鼎力相助,以及贾江涛编辑老师的辛勤工作、热心帮助。

　　春华何念去年痴,风雨江山入酒卮。
　　莫顾浮云迷世目,豪情信手自家诗。

乔建堂

2018年1月24日(丁酉腊八)于抱朴堂